台灣人最想知道的

總編嚴選

英文字彙

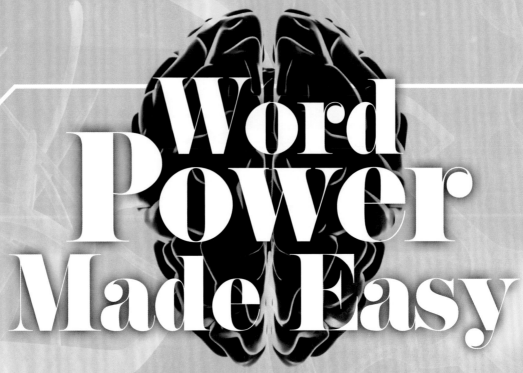

Word Power Made Easy

英 文 字 彙 解 密

字 源 及 衍 生 字 完 全 記 憶 法

英文字彙書史上最強銷售紀錄

★ 出版至今全球長銷熱賣超過兩百萬冊！

★ 全美公認 No.1 英文字彙學習書，美國學生準備 SAT、GRE、GMAT 必備參考書

★ 2013 年獲選為美國英語教師協會推薦書籍

30 倍字彙量！

擴充字源知識，啟動字根、字首、字尾記憶鏈

每天 30 分鐘！30 天內字彙程度大躍進

成人再次突破字彙量的祕訣！ GRE、TOEFL、SAT 必備參考書

諾曼‧路易斯教授將使你相信：

「讀完這本書，你將不再是原來的你。絕不可能！」

暢銷熱賣超過六十年的英文字彙經典鉅作
《Word Power Made Easy》全新中文化，重裝上市！！

成功人士皆具備優越的字彙量；
而本書的對象，就是立志活出成功人生的讀者。

透過作者的學習安排，你將能在兩、三個月內迅速且有系統的習得大量字彙。更重要的是，
這些字彙將永遠改變你的思考模式，並幫助你在學業、商場及其他專業領域獲得成就。

由主題概念（IDEAS）引導學習
本書各章節分別探討十個用來表達某個主題概念的基本字彙，然後把這些字彙當成跳板，
探索其他在字義或語源上相關的單字。所以一個篇章就會探討、教授和測驗近一百個單字。

用字源 學單字，啟動腦內字彙記憶鏈
你將會學到為單字賦予獨特意義的希臘或拉丁字源，以及其他含有相同或相關字源的單字。如此一來，
你便能不斷學習相關領域的單字，且不會因為要學的單字太多而搞糊塗了。

豐富的單元小考，掌握學習成效
每課皆有單元小考以及章節總複習。題型包括發音練習、字義配對、是非題、填充題等。
從發音開始反覆練習，強化對字彙意涵的了解。

LEWIS 教授英文專欄，精進文法概念
缺乏正確的文法概念、流利的口語能力，再多的字彙量也無用武之地。
本書的英文專欄將幫助你認識正確的文法，並學習自然的英文口語表達方式。

英文字彙解密
人格、職業、科學與行為
字源及衍生字完全記憶法
定價：380 元

英文字彙解密
語言、事件、個人特質
字源及衍生字完全記憶法
定價：380 元 (暫定)

NYC 生存法則 #9 別擋人家的路！

NEW YORK

歡迎來到紐約～在紐約的遊戲生存規則是……

STAY OUT OF EVERYONE'S WAY!
別擋別人家的路！

聽起來很簡單嘛！

1. 在紐約最基本的生存法則是 …?

NYC 生存法則 #20 雨天和每日5pm 難招計程車

紐約市計程車預報

2. 搭計程車也是要看時間的

NYC 生存法則 #31 乘車不得佔空位

不論你是誰都一樣，請把東西放在你的大腿上

3. 佔位子是不被允許的！

NYC 生存法則 #46 地圖不離身

在紐約，人人都需要地圖！NEED A MAP!

我該怎麼去時代廣場？

我該怎麼減輕通勤2小時的痛苦？

TOURISTS! RESIDENTS!

4. 在紐約生存必備道具

NYC 生存法則 #136 紐約總有好事正在發生

我只知道，今天在紐約的某個地方，
某件美妙的事正在發生

媽，我找到工作了！

THE END

到此為止，你可以去查別本書了！

燃燒吧，火把

FORTITUDE

5. 紐約生活的小確幸 ♥

目錄 contents

單字朗讀 MP3 1

Film Genres　電影類型

電影類型並沒有一個絕對的區分標準，加上近年來的電影常是複合體，融合多種類於一身，以 IMDb.com（一個電影線上資料庫）的分類為例，《超人：鋼鐵英雄》(*Man of Steel*) 是 action/adventure/fantasy，《少年 Pi 的奇幻漂流》(*Life of Pi*) 被歸為 action/adventure/fantasy/sci-fi，《暮光之城》系列 (The Twilight series) 則屬於 adventure/drama/fantasy/romance（還有許多電影的分類比這更長！）。由此可知，要將一部電影簡單歸為某一類是很困難的。

以下是常見的電影分類：

- action 動作片
- adventure 冒險片
- animation 動畫片
- biography 傳記片
- crime 犯罪片
- disaster 災難片
- family 家庭溫馨片
- thriller 驚悚片
- horror 恐怖片
- mystery 推理片
- romance 浪漫愛情片
- musical 音樂片
- war 戰爭片
- documentary 紀錄片
- fantasy 奇幻片
- sci-fi 科幻片
  sci-fi 為 science fiction 的簡稱。
- comedy 喜劇片
  喜劇片主要是以幽默風趣的情節，搭配誇張的說話方式及動作，讓觀眾笑開懷的電影。一般喜劇片都是美好的結局收尾，像是**愛情喜劇片**（rom-com，為 romantic comedy 的縮寫），但其中也有例外，像是**黑色喜劇**(black comedy)。黑色喜劇又稱做 dark comedy，是喜劇裡其中一個形式。除了有傳統喜劇逗人開心的情節，還參雜了荒謬的橋段及元素，以呈現嚴肅議題，讓人感到沉重恐怖，卻又不禁莞爾。
- drama 劇情片
  劇情片是以劇情發展和角色性格變化串動整個故事的電影。
- feature film 劇情長片
  千萬不要以為劇情長片是劇情片的一種，劇情長片是依據電影的長度來作區別，而不是內容。一般劇情長片的長度都在一個小時以上。根據美國電影藝術與科學學院（Academy of Motion Picture Arts & Sciences，也就是奧斯卡獎(Oscar)）的定義，若是長度短於四十分鐘以下的電影即稱做短片(short film)，因此目前在院線上映的電影皆屬於劇情長片。

- **Western 西部片**

  西部片將場景設定在十九世紀的美國西部，以西部牛仔為主題，後來還發展出**義式西部片**(Spaghetti Western)。義式西部片起源於西部片盛行的一九六〇年代，導演和演員清一色都是義大利人，電影內容和傳統西部片一樣，都是以西部牛仔為主。不同的是，義式西部片裡的人物不像是原本西部片中善惡分明，而是顛覆傳統的反英雄角色，內容更為暴力，充斥大量槍戰場面。經典的義式西部片代表作有克林伊斯威特 (Clint Eastwood) 擔綱演出的《獨行俠》三部曲(Dollars Trilogy)以及《荒野大鏢客》(*The Good, the Bad and the Ugly*)…等。由於義式西部片廣受歡迎，隨後竟意外發展出西班牙的「**辣肉腸西部片**」(Chorizo Western)以及墨西哥的「**捲餅西部片**」(Burrito Western)。

- **adult 成人電影**

  是指內容描述性愛和色情(**pornography** [porˋnɑɡrəfɪ]/**porn**)的情節，以激起觀眾性慾的電影。

- **art film 藝術片**

  又可稱為 **art house film**，不像好萊塢電影有著超強卡司和聲光特效，而是著重在意象傳達與故事敘述，於某些特定戲院或電影節(film festival)播放。礙於片型、行銷經費、少廳播放等因素，藝術片一直被認為是小眾市場，但近幾年因拍攝手法獨特和簡單情節，藝術片的觀眾群正逐漸累積中。

- **made-for-TV movie 電視電影**

  也可稱做 **TV movie**。電視電影指的是由電視公司製作並播放，拍得像電影一樣的影片。這樣的「電影」並不會在戲院播放，只能電視上看到。made-for-TV movie 長度和一般電影差不多，製作成本通常比電影還低，但是比電視劇高。附帶一提，還有一種電影在拍攝完後，沒在電影院上映，卻**直接出 DVD 的電影**則稱做 made-for-DVD movie（也可叫 direct-to-DVD movie 或 straight-to-DVD movie）。

---

target audience　目標觀眾

target 是「目標，標靶」，而被鎖定為標靶的觀眾們，就是作品或是產品的預設觀眾（讀者），也是預計獲利的主要來源。一部電影的目標觀眾也常用來當作電影屬性設定的標準。

> 大家應該都曉得電影是用類似幻燈片投影原理來播放的，早期電影的播放技術沒有現在這麼先進，電影的畫面總是會一閃一閃的，因此一開始**電影**的英文叫做 **flicker**，簡稱為 **flick**（flicker這個字有「快速閃動」的意思）。之後隨著電影工業技術的進步，畫面不再閃爍不定，且影像中人物的動作連貫性也流暢許多，成為真正「**會動的畫面**」(motion picture)，也就是我們現在常說的 movie。現在的電影已經不像早期那樣畫面會不停的閃爍，已經不會再用 flicker 這個字來稱電影，但口語上還是經常會使用 flick 來稱呼一些娛樂性質較重的電影，如**愛情片**(chick flick)，chick 在口語上有「少女、小妞」的意思，故 chick flick 指的就是多以女性為主力觀眾群的電影，主題多為浪漫的愛情片。

---

multiplex　電影院

全名為 multiplex cinema/theater，multiplex [ˋmʌltəˏplɛks] 有「多樣化」的意思。顧名思義就是指擁有多達三廳以上的電影院，也可簡稱為 multiplex。

此外，欣賞表演或看電影的地方還有以下幾種：

- **megaplex** 多達二十廳以上的大型影城
- **art house** 專門播放藝術電影的電影院
- **first-run theater** 首輪戲院
- **second-run theater** 二輪戲院

drive-in theater　露天汽車電影院

在露天汽車電影院看的電影稱做 **drive-in movie**。五〇、六〇年代的美國，相當盛行汽車文化，也就是能在車內取得服務，點餐及取餐都不需要下車。除了餐廳之外，還有以大型停車場為場地的露天汽車電影院，電影院座位就是你自己開來的愛車，讓來看電影的情侶們仍保有隱私權，而攜家帶眷的爸媽也不必擔心帶小孩看電影會吵到鄰座觀眾，如今已漸漸式微。

歸功之作 Credits

一部電影的製作，除了幕前光鮮亮麗的演員之外，幕後工作人員的辛勞也非同小可。因此，電影的最後常會將演員和幕後人員等歸功名就，這就稱做 credits。

credit 原本有「信用，信譽」和「功勞，讚揚」的意思，若在電影用字則解釋為「曾經投入、參與的成績」。因為這份名單通常都會出現在片尾，所以電影的**片尾**就叫做 closing credits，**片頭**則稱做 opening credits，也可以說 title sequence。

單字朗讀 MP3 2

幕前演員

雖然觀眾的目光始終停留在主角身上，但如果沒有其他角色來搭配，就沒辦法成就一部完整的電影。現在就讓 EZ TALK 帶你來看看這麼多的角色，英文要怎麼說！

- **role** 角色

  role 在電影中是**所有角色、人物**的通稱，也能用 part 或是 character 來表達。leading role 這裡的 leading 有「重要的，主要的」的意思，因此這個字就是指「**主角、主要的演員**」，main character 是另一種說法。若要指**配角**就把前面的 leading 改成 supporting，即 supporting role，你也能說 minor role。**男主角**則是 leading actor，也可以說 lead actor，如果是**女主角**，就把 actor 改成 actress，也就是 leading actress，其中的 actor/actress 可以換成 man/lady，或者可以直接說 male/female lead 或是 hero/heroine。

  除了男女主角容易受矚目之外，反派角色可說是貫穿整個故事的靈魂人物，地位不容小覷，像這樣的**反派角色、大壞蛋**，英文就是 villain [ˋvɪlən]，你也可以直接說 bad guy 或是 baddie。主角、配角和反派角色都決定好了，一個完整的故事當然還是需要其他角色來搭配，bit part 便是指在其中完全不起眼，甚至沒有台詞、只出現兩秒鐘的小角色，這裡的 bit 有「微量，一點點」的意思。

- **typecast** 被定型為⋯

  角色的演出通常容易被定型，這時候就需要靠演員的演技來突破了。typecast 這個動詞就是用來形容演員「被定型為某類型角色」的狀況，當演員將某個角色演的太完美，造成大家對這個演員有了就是那個角色的刻版印象，使得不斷重複扮演同類型的角色，很難有其他的類型的演出。這個字是個標準的複合名詞，type 是「類型」的意思。反之，演什麼像什麼的**演技派硬底子演員**我們就叫做 versatile actor/actress，versatile [ˋvɝsət!] 意思是「多才多藝的，多方面的」。

- **love interest**（戲劇或電影中的）另一半，伴侶

  電影裡頭，一個角色（通常是主角）追求或交往的對象。

電影幕後工作人員

- **director** 導演
  負責拍攝影片，掌控拍片現場流程，決定影片主要風格。

- **producer** 製片
  電影製片必須要為導演籌措資金，挑選劇本，尋找工作人員及聯絡
  各部門處理行政事務，以便讓導演專心拍攝，是決定影片成敗的重要角色。

- **screenwriter** 編劇
  工作為編寫**劇本(screenplay)**，提供故事內容、撰寫對白。

- **casting director** 選角
  為導演尋找適合的演員來**試鏡(audition)**。

- **location scout** 勘景員
  替導演找到心目中理想的拍攝地點，必須爬山涉水，走遍各個角落。

- **script supervisor** 場記
  紀錄下現場拍攝的細節，包括畫面與原劇本和分鏡的出入，拍攝時間，底片長度，做成日誌，以便日後剪接等工作順利進行。

- **key grip** 場務
  劇組裡的雜務工，負責鋪設攝影機的軌道、架設燈光、搭建木工平台。

- **cinematographer/director of photography** 攝影指導
  掌管攝影及燈光部門，決定拍攝時使用何種底片、濾鏡、鏡頭，比單純控制攝影機的**攝影師(cameraman)**更具權力。

- **boom operator** 收音員
  boom 是連接麥克風的長桿子，從遠遠的距離錄製演員的聲音，桿子的操縱者顧名思義就是收音員。

- **gaffer** 照明電工，燈光指導
  負責燈光部分的設計和執行事宜，底下管的**燈光師**叫 lighting technician。

- **foley artist** 特殊音效師
  用身體或是各種小道具製造出可能符合場景音效的工作人員。

常見的電影拍攝手法有

- **flashback** 倒敘法
  打斷故事的進行，插入此時間點之前發生的事情場景。

- **flash-forward** 快閃法
  剪接技巧的一種，以一個或一連串未來的鏡頭打斷現在進行的事。

- **montage** [mɑnˋtɑʒ] 蒙太奇
  將影片或圖片濃縮，切割成不同片段來拼湊出全貌。

- **split screen** 銀幕切割
  同時有兩個以上的畫面。

- **slow/fast cutting** 慢切 / 快切
  「快切」是指一系列互相接續的鏡頭快速切換，「慢切」則是互相接續的鏡頭在銀幕上停留較長的時間。

- **sequence shot** 長鏡頭
  這裡的「長」是指拍攝之開機點至關機點的時間很長，用不間斷的鏡頭跟拍，常用在凝視人物的一連串行動。

Box Office 票房

一部大賣叫座的電影，除了好劇本，強大的演員陣容（cast，中文的「卡司」便是這個字的音譯）也是票房的絕佳保障之一。box office 原意指的是「戲院售票處」，但現在常用來延伸表示「電影銷售總收益」，也就是所謂的「票房」。知名頻道 HBO 的全名即為 Home Box Office，意指「家裡的售票處」，也就是在家就能輕鬆觀賞電影。此外，box office 除了當名詞表示「票房」，也可以當形容詞表示「大賣叫座的」，故票房大賣的電影稱為 box office hit，而**票房極差的電影則稱為 box office flop**。

單字朗讀 MP3 3

all-star cast　全明星卡司

all-star 常出現在娛樂及運動相關報導上，形容「全明星」的組合。電影用語中，all-star cast 即指整部電影所有有台詞的角色──不論主角或配角──皆是由一線明星演員擔綱演出，也可以說 **star-studded cast**。

除了全明星卡司外，還有一種電影也是由大明星演出，叫做 **ensemble cast**（**群體演員**）。跟 all-star cast 的差別在於，ensemble cast 是指「戲份差不多的一批演員」，裡頭沒有特別的主角和「配角。ensemble [ɑnˋsɑmbəl] 是表示「全體，整體」，cast 指的是「演員陣容」，這種打群體戰的演員陣容常出現在電視影集中，每個角色各司其職且特色鮮明，編劇能在不同集數中彈性分配各個角色的戲份比重，除此之外，也能解決某演員因該影集走紅而棄演所帶來的衝擊。像是電影《瞞天過海》系列電影 (Ocean's Eleven series)、電視影集《六人行》(Friends) 和《貓》劇 (Cats) 就是典型的 ensemble cast 戲劇。

blockbuster　賣座電影、暢銷書

block 是指四周都有街道的街區，buster 則可指「剋星」或具有巨大破壞力的東西。blockbuster 這個字源自二次世界大戰，指的是一種威力強大能將敵方陣營摧毀的巨型炸彈，後來引申為「賣座電影」，不但廣受歡迎、風靡一時、且叫好又叫座。知名的 DVD 出租業者百視達就是用 Blockbuster 這個字當作店名。除了電影，blockbuster 也能用來表示大受歡迎的影集或小說。相反的，若是某個**戲劇或電影失敗到一蹋糊塗**則會用 **bomb** 這個字，bomb 作名詞是「炸彈」的意思，因此用被炸彈炸過後出現一片死寂的殘破模樣來形容票房成果。

目前全世界最賣座的前五名電影依序是《阿凡達》(Avatar)、《鐵達尼號》(Titanic)、《復仇者聯盟》(The Avengers)、《哈利波特：死神的聖物2》(Harry Potter and the Deathly Hallows: Part 2)、《鋼鐵人3》(Iron Man 3)。

A: That movie was so boring—I can't believe it was a box-office hit.
那部片子好無聊喔！我不敢相信它是部賣座電影。

B: Yeah, good thing we just rented the DVD.
是啊，還好我們只是租了它的DVD。

其他表達「熱賣大作」的用法如下列：

- megahit 賣座電影、唱片
- smash hit 廣受歡迎的電視劇、產品
- bestseller 暢銷書、產品
- chartbuster 熱門唱片、歌曲

pitch a movie 推銷拍片點子

在競爭激烈的好萊塢裡，懷抱劇本卻不懂得如何推銷，是不會有搞頭的。pitch 可以當動詞，也可以當名詞，在口語中有「極力遊說、積極推銷」的意思，在電影圈中則用來表示「找人投資製片」、「找導演、卡司參與拍攝」，也就是「推銷拍片點子」。plug 和 pitch 意思十分相近，不過 **plug** 是用來表示「**宣傳、打廣告**」。

A list 一線（明星）

A-list 指的是「一線（明星）」，用來表示好萊塢電影目前當紅的或是票房保證賣座的明星，這是好萊塢一位資深影劇記者詹姆斯烏爾姆 (James Ulmer) 以各項評比數據來衡量明星所做的排行，這個評比標準稱為**烏爾姆量尺 (Ulmer Scale)**，根據此評比列出的名單稱已成為好萊塢的票房選擇必看。當然，有一線就會有「**二線**」(B-list)，甚至有「**三線**」(C-list)，現今報章雜誌常說的「B 咖」概念便是由此而來的。最初烏爾姆量尺只有三個等級，但演藝圈其實還有許多比 C 咖行情更低的無名小卒，於是有人便創造出 D-list 來指那些名不經傳的超小牌演員。

> superstar 是「**大明星**」，那 megastar 是什麼呢？mega- 這個字首表示「超大，百萬倍」，後面接名詞會變成另一個單字，例如 megabucks（**大錢**）、megacity（**有千萬以上人口的城市**）、megabyte（**百萬位元**）、megawatt（**百萬瓦特**）、megaphone（**大聲公，廣播器**）…等等，而 mega- 後面直接加上 star（明星），指的就是身價和名氣皆大得驚人的「**超級巨星**」。

adaptation 改編、改寫本

adapt 當動詞時除了有「使適合」的意思，也表「改編、改寫」，意指「改編故事使其適合電影」。而名詞 adaptation [ˌædæpˋteʃən] 則是指「改編過的作品、改作而成之物」。若想表達「**根據書籍或是劇本改編而成的電影或電視劇**」，你可以說 **a TV/screen/film adaptation of a novel/play**。除了改寫書籍或劇本，目前在好萊塢將「漫畫書」改拍為電影正大行其道，**圖畫小說 (graphic novel)** 跟**漫畫書 (comic book)** 很像，但圖畫小說主要是以圖畫加上敘事體文字說故事，並保有傳統小說有始有終的結構，不像漫畫書主要以人物對話進行，永遠未完待續。

star 主演

有些電影常因為某些大明星來主演、當主角而名聲大噪。star 除了是名詞「大明星」之外，還可以當動詞「由…主演」star (in)。

> ### cameo 客串演出
> 在一部電影的某些場景中短暫出現的演員稱之為 cameo [ˋkæmɪo] 或 cameo role，用法是 "sb. makes/has a cameo in...." 或是 "sb. makes/has a cameo appearance in...."。

> ### Marvel Comics 驚奇漫畫
> 驚奇漫畫於一九三九年成立，最早叫做 Timely Comics，後經過數次更名，現在母公司為驚奇娛樂(Marvel Entertainment)，並棣屬於華特迪士尼公司(Walt Disney Company)底下。公司的幾名漫畫家像是史丹李 (Stan Lee)、傑克科比 (Jack Kirby)、史帝夫迪特科 (Steve Dicto) 共同創造出了多位耳熟能詳的美國超級英雄，除了電影《復仇者聯盟》(*The Avengers*)裡的主角，還包括蜘蛛人(Spider-Man)、X 戰警(X-Men)、驚奇四超人(Fantastic Four)及夜魔俠(Daredevil)等。

> ### DC Comics DC 漫畫
> 隸屬於華納兄弟公司(Warner Bros.)的 DC 漫畫建立於一九三四年，DC 這個名字是取自以蝙蝠俠(Batman)為主的《偵探漫畫》系列(Detective Comics series)，除了蝙蝠俠還創造出超人(Superman)、神力女超人(Wonder Woman)、綠光戰警(Green Lantern)和閃電俠(Flash)…等，知名的超級英雄。

電影影集關鍵字彙
Showbiz Words

單字朗讀 MP3 4

series 影集；系列集

series [ˋsɪriz] 源自於拉丁文，有「連接」的意思。用在電視上，則是指每日或每週播出一次的戲劇，這些戲劇常運用同一批演員不斷演出類似的劇情模式，像是八點檔連續劇、劇情戲劇和**情境式喜劇** (sitcom，這個字是由 situation 和 comedy 組成的)，都可以稱之為影集。要注意的是，**八點檔連續劇**因為幾乎天天都有播出且時間很固定，所以英文叫 daytime drama 應該不難聯想，口語上我們也很常稱做「**肥皂劇**」(soap opera)，但這個說法比較有貶抑的味道。

episode 集

美國的影集每一集長度為一小時或三十分鐘。通常在每一集開始之前，會先來個「前情提要」，這時你會聽到**旁白** (narrator) 說：Previously on...。等到一集播映完畢時，螢幕上可能還會顯示「下集待續」(to be continued)。

pilot 試映片

許多美國影集的第一集，標題都叫做 pilot。因為在美國的電視圈，一部影集會先拍好一集的試看片，等到電視公司的內部主管們看過內容認可過後，才會答應給予資金繼續拍下去。因此眼尖的觀眾可能會發現有時第一集和第二集裡頭的小角色可能在髮型上有所變動，不太連戲，甚至有換人演出之類的情形。

season 季

美國影集通常一年只播出一季，每季十集到二十餘集不等。假如你看到有些影集已經播到「第五季」，就表示它已有五年歷史了。

© Brad Camembert / Shutterstock.com

first movie/book in the series 首部曲

英文中沒有單一的字可以表示首部曲，通常只會說系列作品的第一部，至於**續集**叫做 sequel，**前傳**則稱做 prequel。既然提到了前傳和續集，就不能不知道三部曲、四部曲和完結篇的說法。**三部曲**(trilogy [ˋtrɪlədʒɪ])是指三組一套的作品，可被視為三個單獨的故事，但由同樣的人物或是主題背景貫穿，常見於文學、戲劇或電影，其中又以科幻類和奇幻類作品最常出現。**四部曲**和三部曲的道理一樣，只是從三組一套變成四組，英文是 tetralogy [tɛˋtrɑlədʒɪ]。**完結篇**的話我們會用 finale [fɪˋnæli] 這個字，finale 原本是表示樂曲的最後一個樂章，或是戲劇表演中的最後一幕，因此在連續作品中，就是指完結篇。

cliffhanger 伏筆

電影影集常常會為了續集鋪梗，埋下伏筆，伏筆的英文是 cliffhanger，字面意思是「掛在懸崖的人」，因為不知道會掉入谷底還是奇蹟獲救，所以用來引申為電視影集或電影中最後結局留下的伏筆，以引起觀眾收看下一集的欲望。

其他常見的收尾手法

- **open ending** 開放式結局
  沒有明確的結局，人物或事件的後續發展沒有完整的交代，帶給觀眾無限的想像空間。

- **happy ending** 快樂結局
  除劇中的反派角色之外，男女主角或其故事都有圓滿的結果。

- **tragic ending** 悲劇結局
  故事結尾通常有重大悲劇發生，如死亡、分離、失敗等，如《羅蜜歐與茱麗葉》(Romeo and Juliet)即是其中一例。

- **bittersweet ending** 苦樂參半的結局
  bittersweet 是又苦又甜的意思，也就是結局中有好有壞，或是看似完美的結局中帶有一絲遺憾。

trailer 電影預告片

預告片就是電影的宣傳廣告，內容剪輯自**電影片段**(footage [ˋfʊtɪdʒ])，在電影上映前播放，吸引大眾買票進戲院觀賞，所以也稱為 preview。teaser 也是另一個常見的說法，預告片本來就是為了要挑起觀眾的興趣，因此用「**挑逗者**」來形容**刺激、吊人胃口的預告片段**。

電影片段相關字彙

- **making-of** 幕後花絮
  也可稱為 behind-the-scenes (documentary)

- **blooper** NG 鏡頭

- **outtake** 被剪掉的鏡頭

- **final cut** 最終版

- **director's commentary** 導演評論

catch phrase 經典台詞

電影中常出現的經典台詞，英文稱為 catch phrase。如果是要說廣告文宣或電影宣傳海報中一句簡單好記的**象徵標語**，我們則會說 tagline，等於 slogan，也可寫做 tag line。

The Genres of Pop Music
流行音樂種類

單字朗讀 MP3 5

Rock and Roll 搖滾樂

搖滾樂起源於四〇年代末期，五〇年代開始大為風行，現在的搖滾樂泛指所有具備搖滾風格的樂曲。以下就介紹其中幾種常聽到的搖滾曲風：

alternative rock 另類搖滾
八〇年代開始興起由**獨立唱片公司**(independent label) 所製作的搖滾音樂，這種音樂常簡稱為 indie rock。到了九〇年代，這種非主流的音樂開始風行，漸漸浮上檯面，在樂壇中佔有一席之地，於是出現了 alternative rock 這個說法，alternative [ɔl`tɜnətɪv] 本意是「非主流的，非傳統的」，當時紅極一時的代表樂團包括 R.E.M.、Jane's Addiction 和 Smashing Pumpkins。

psychedelic rock 迷幻搖滾
psychedelic [ˌsaɪkə`dɛlɪk] 可兼形容詞和名詞，意思是「迷幻的；迷幻（藥）」，迷幻搖滾流行於一九六〇年代的英美地區，與**嬉皮**(hippy) 文化密不可分。這種音樂主要是想打造像服用**迷幻藥**(psychedelic drug)產生的飄然感覺，並且融入大量的非西方元素如印度音樂，這種搖滾樂特色在於會將聽者拉入一種虛無縹緲的境界中，當時的 The Grateful Dead、Jefferson Airplane 及 Jimi Hendrix 都是很具代表性的樂團。

blues rock 藍調搖滾
主要以**電吉他**(electric guitar)、**貝斯**(bass) 和鼓等樂器演奏的藍調搖滾，流行於一九六〇年代的英美，融合藍調與搖滾，將黑人的藍調曲帶往更大眾，更為其推向白人喜愛的境地，代表性的樂團有英國的 The Yardbirds 和美國的 Butterfield Blues Band。

heavy metal 重金屬
重金屬搖滾是由迷幻搖滾和藍調搖滾演變而來，發跡於英國，是一種很大聲、節奏強烈的搖滾音樂，特點是有落落長的吉他**獨奏**(solo)，並配上陰鬱、帶有暴力氣氛的歌詞。最早期的代表樂團為 Led Zeppelin、Deep Purple 及 Black Sabbath。

hair metal 長髮金屬
也可以稱做**華麗金屬**(glam metal)，是硬式搖滾和重金屬音樂中的一個流派，盛行於七〇年代晚期至八〇年代早期的美國。其輕快反覆的**節拍**(beat) 使得聽眾更能融入其中。在造型上，除了化妝之外，每位歌手幾乎都留著一頭蓬鬆長髮或是將頭髮逆梳，展現出七〇年代華麗的搖滾風格。代表人物像是 Poison、Mötley Crüe 和 Cinderella。

punk rock 龐克搖滾
一種強調**叛逆**(rebellion)精神的搖滾樂，七〇年代是全盛時期。龐克音樂聽來節奏快速又短促，具有**攻擊性**(aggressive)的歌詞多在訴說對現有制度的憤怒和疏離感。龐克源自一九七〇年代中期的青少年**次文化**(subculture)，是對六〇年代嬉皮文化和七〇年代流行樂的反動。

典型龐克族會剃光頭（只留少數頭髮塑成尖刺狀）、穿釘滿鉚釘的黑皮衣、配掛象徵死亡的飾品並在身上穿孔、穿環，以粗暴的行為展現憤怒。英國龐克搖滾的知名樂團為 Sex Pistols、The Clash，而美國則有 The Ramones 和 The Dead Kennedys 等為代表。

electronic music 電子音樂

以電子合成器、電子鼓,有時也會用現有唱片音樂片段融合而成的一種音樂。這是含義很廣的大分類,下面還有許多的分類:

techno 鐵克諾音樂

鐵克諾音樂是電子音樂的一種,發源於八〇年代中晚期的底特律。融合了白人的歐陸電音,如德國的 Kraftwerk 與美國黑人音樂,充滿科幻風與未來感。整體來說,節奏以**迪斯可**(disco)曲風為主,著重於電腦或合成器的音色設計與製作科技的使用創意,聽起來重複性較高且機械化,所以也被稱為「工業噪音」,Moby 可說是鐵克諾音樂的代表人物之一。

house 浩室

源自於芝加哥(Chicago)的浩室是一種以迪斯可為基底、節奏明快的電子音樂。因為這種音樂只要有簡單的設備,在家也可以做出來,因此取名為 house。

trance 迷幻

trance 有「出神」的意思,因聽來很容易有出神和催眠的感覺而得名。這種音樂源自於德國(Germany),由於融合古典和歌劇音樂元素,相較於其他電子舞曲,旋律感較強。

dubstep 迴響貝斯

氣氛黑暗、節奏稀疏的迴響貝司,以其低音最為顯著,發跡於倫敦(London)。

rap 饒舌

一種帶有節奏和**押韻**(rhyme)的說唱方式,押韻的歌詞充滿自誇驕傲的氣氛,再配上重複性強的節拍,與嘻哈文化有密不可分的關係。饒舌發源於七〇年代的紐約(New York City),當時較具代表性的藝人包括 Grandmaster Flash 和 Sugar Hill Gang 等等,而 Jay-Z 和 Kanye West 則是目前當紅饒舌歌手的表率。

什麼是**嘻哈 (hip-hop)**?
嘻哈是源自七〇年代美國內陸城市的非裔青少年,及紐約市拉丁美洲裔青少年的次文化,透過音樂、舞蹈、服裝及**塗鴉** (graffiti) 表現混跡街頭的生活形態。鮮豔的**tracksuit**(**薄尼龍製的田徑外套及長褲**)、**flight jacket**(**空軍飛行員的皮外套**)再搭配鞋帶過長的布鞋,戴上超粗金項鍊或超大金耳環(即所謂的 **bling-bling** 風格),過大的襯衫和過長的褲子都是典型的嘻哈風格。

blues & jazz 藍調音樂與爵士樂

藍調音樂確切的發源時間已不可考,大約是從一八七〇到一九〇〇年間美國南方的密西西比三角洲(Mississippi Delta)開始發起。最初的藍調歌曲並沒有特定的音樂形式,單純只是黑人**勞工**(laborer)藉工作閒暇之餘以歌唱抒發心中苦悶。早期藍調歌曲多半在描述生活的灰暗面,故稱 blues(原意表示憂鬱)。後來有人將其原貌結合**靈歌**(spiritual)及其他音樂元素,再用吉他和**口琴**(harmonica [hɑrˋmɑnɪkə])一起伴奏,才逐漸演變成現在常聽到的藍調音樂。而之後在紐澳良(New Orleans)發跡的爵士樂(jazz)則是承襲藍調音樂精神並結合其他西方音樂元素,但表演方式卻更即興自在。藍調和爵士樂其實是兩種不同的音樂類型,只能說藍調是爵士樂的起源,但爵士後來就自成一家了。在世界大戰後,南方棉田病蟲害及洪水為患,許多黑人沿著鐵路北上尋找工作,黑人文化便在位於南北交通樞紐的芝加哥生根,所以這種曲風也感染了整個芝加哥。

rhythm & blues 節奏藍調

常拼寫為 R&B、R'n'B 或 RnB。一九四○至五○年代初期剛出現這個名詞時，被用來泛指當時的黑人流行音樂，也就是節奏強烈、帶點搖滾和爵士色彩的都會音樂，Fats Domino 和 Ray Charles 為代表樂團。六○年代受 R&B 啟發的搖滾樂，自己獨立成為一種音樂類型之後，R&B 被視為融合電子藍調音樂(electric blues)、**福音音樂**(gospel)及**靈魂樂**(soul)等的黑人音樂。到了七○年代，R&B 變成靈魂樂及**放客**(funk)的統稱。九○年代之後的當代節奏藍調演變為一種帶有靈魂樂及放客音樂色彩的流行音樂。代表歌手如 Boys II Men、Mary J. Blige 和 R. Kelly。

reggae 雷鬼

雷鬼音樂源自於**牙買加**(Jamaica) 節奏快速的音樂——斯卡音樂(ska)，後來發展出節奏較慢的rock steady，再演變成節奏更慢的雷鬼音樂。融合節奏藍調的抒情和拉丁音樂的熱情，強調反拍節奏的雷鬼音樂，由吉他或大鼓帶出主要旋律與節奏，再加上濃濃的貝斯聲，成為其最大的特色。六○年代後期因收音機在牙買加的普及，雷鬼音樂之父——Bob Marley將其引領至歐美，對西方流行音樂產生重大影響。

country music 鄉村音樂

鄉村樂起源於一九二○年代的美國南方鄉村地區，同時融合了美國東南**民謠**(folk music)和西部牛仔音樂(Western music)，早期代表歌手有 Jimmy Rogers 和 Hank Williams…等等。這種類型的音樂通常會和像是**五弦琴**(banjo)或是**木吉他**(acoustic guitar [əˋkustɪk gɪˋtɑr])這類的**弦樂器**(string instrument)一起演奏，當代的 Garth Brooks 和 Carrie Underwood 都是代表歌手。

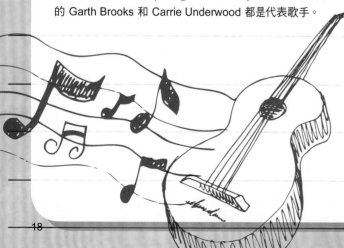

Music terms
流行音樂常見字彙

愛聽流行音樂的朋友，學會以下這些單字，和外國朋友聊音樂不用怕詞窮！

單字朗讀 MP3 6

the music scene 音樂圈

泛指所有與音樂相關的活動領域，對音樂有興趣甚至是將來想要踏入音樂界(the music industry)的人，許多在餐廳駐唱或參加歌唱比賽(contest)而在日後被挖掘成為發片藝人，就是從 the music scene 躍升進入 the music industry 的最好例子。「the 名詞 scene」就表示「某種圈子」，如時裝圈英文就是 the fashion scene 或是 the movie scene 指的就是電影圈。

label 唱片公司

label 通常當「標籤，品牌」解釋，但在娛樂圈內，label 為 record label 的簡稱，也就是唱片公司(record company)。此外，規模很大的唱片公司或集團即 major record label，而 sublabel [`sʌb͵lebəl] 則是指大型唱片公司旗下的子公司。全球目前四大唱片公司分別是：環球唱片(Universal Music Group)、新力博德曼音樂(SONY BMG Music Group)、華納音樂(Warner Music Group)和百代唱片(EMI)。

album 專輯

歌手發片，一般我們都稱為專輯，但是音樂界其實還有細分為**錄音室專輯**(studio album)、**現場專輯**(live album)和**合輯**(compilation [͵kampə`leʃən])。錄音室專輯是指在錄音室裡面錄製的專輯，通常不包含現場實況的錄音或是**重新混音的歌曲**(remix)。與現場專輯不同的是，在錄製錄音室專輯時，不需要一次演奏完整首歌，可以於後製加入聲音效果或是伴奏，聲音通常也比較清晰。

EP 單曲專輯

台灣多把 EP 稱為「單曲專輯」，其實 EP 是介於**單曲**(single)和專輯之間的作品，也有人稱之為「小碟」。相較於 EP 而言，**LP**（又稱為 **full-length**）就是所謂的「**專輯唱片**」，也可以說是「大碟」。歌手除了發行專輯外，為了刺激專輯銷量，同時確保電台的**播放率**(airplay)，還會發行單曲，單曲是指包含一首歌曲或相對於專輯歌曲中比較簡短的版本。以曲目而言，EP 可收錄四到八首歌曲，LP 則有十首歌以上。

19

demo 樣品帶，試聽帶

歌手樂團的自製歌曲作品，投寄給各表演場所或唱片公司，以爭取得到表演或是與唱片公司簽約的機會。

eponymous album 同名專輯

eponymous [ɪˋpɑnəməs] 為形容詞，源自於希臘文，意思是「因而得名的，承襲其名的」。除了形容音樂專輯外，各種承襲、採用某知名人物或作品而來的名稱，也都可以稱做 eponymous。

> 例 Prince Hamlet is the eponymous protagonist of Shakespeare's *Hamlet*.
> 哈姆雷特王子是莎士比亞《哈姆雷特》作品中的同名角色。

charts 排行榜

chart 原本是「圖表」，但這裡說的是「流行唱片的排行榜」。專輯在排行榜上的名次依關銷售數量和歌手**受歡迎的程度**(popularity)。我們常聽到人說：「這張專輯上了排行榜第一名」，英文說法即是 "The album reached number one on the charts."。我們也可以直接把 chart 當動詞用，像是 "The album charted at number one position last week."。美國最具公信力的音樂排行榜便是——告示牌排行榜(Billboard)，有興趣的讀者可以到它們的官網，去看看老美們現在最夯、最流行的歌手和專輯，順便測試一下自己對娛樂新聞用字的程度吧！

studio musician 錄音室樂手

有別於演唱會**現場表演**(live show)的樂手，studio musician 是專門幫需要灌製唱片卻又沒有自己樂隊的歌手而配置的樂手，同時也幫廣告、電影或是電視錄製配樂。studio musician 通常只做錄音的表演，有時甚至只隸屬於某單一唱片公司或是錄音室。雖然有人也稱這樣的樂手為 session musician，但事實上 session musician 的表演範圍更廣泛，有時候是在錄音室，有時候是在演唱會，而且表演的類型也千奇百樣，與 studio musician 較單一的表演模式不太相同。

chart-topping 高居流行曲榜首的

這裡的 topping 可不是在說「蛋糕上或披薩上灑的配料」喔，而是 top（為⋯之冠）這個動詞變成分詞而來的，因此在流行音樂界這裡的 chart-topping 指的當然就是「高居流行曲榜首」，後方也常會接 single 或 album 這類的字。

vintage track 老式曲目，經典作品

vintage [ˋvɪntɪdʒ] 原本是指「（葡萄酒）品質上等的、佳釀的」，track 則是「音軌、曲目」。在音樂唱片界裡，vintage 表示過去某個時期最典型或是最佳的作品，所以 vintage track 就可以指一個歌手過去的經典作品。

另外，vintage 這個字用在服飾上還有「復古的」意思，而 track jacket 是「運動夾克」，所以當你在網路購物時看到 vintage track jacket 是在說「復古風的運動夾克」，千萬不要和 vintage track 搞混囉！

bootleg 私製唱片

bootleg [ˋbut͵lɛg] 通常是當歌手或樂團在現場演唱時私自收音，之後自製成唱片，雖然是不合法的，但因收錄許多專輯唱片聽不到的歌曲而廣受歡迎。

mixtape 混音專輯

饒舌歌手將喜歡的音樂，加上自創混音編曲，串連起來的合輯，在街上發放，以試探市場大眾對自己音樂的反應。

new release 新發行的唱片

release [rɪˋlis] 一般常用作「釋放，放開」的意思，在這裡則指「發行物」。

各種歌唱表演的英文怎麼說？

- **gig** [gɪg]（任何地點和形態的）表演，公演
- **concert** [ˋkɑnsət]（大型）演唱會
- **tour** [tur] 巡迴演唱
- **festival** [ˋfɛstəvəl] 音樂季
- **debut** [deˋbju] 處女作（可指首次登臺、首張專輯，甚至是每張專輯的首支單曲等）

「粉絲」或「（某某）迷」怎麼說？

- **fan** [fæn] 愛好者
- **junkie** [ˋdʒʌŋki]
  原意為有毒癮者，引申為對某事物熱愛或迷戀者
- **buff** [bʌf] 在口語中有「迷，愛好者」的意思
- **addict** [ˋædɪkt] 入迷的人

- **freak** [frik] 口語中表示「狂熱愛好者」
- **hound** [haʊnd] 有癮的人
- **devotee (of)** [ˌdɛvəˋti] 狂熱份子，愛好者
- **groupie** [ˋgrupi]
  口語常用來指「熱衷追隨名人的粉絲」

Music Awards 音樂獎項

單字朗讀 | MP3 7

The Big Three 美國音樂界三大獎

Grammy Awards 葛萊美獎

葛萊美獎在音樂獎項的地位相當於電影界的奧斯卡獎(Oscars)，由錄音學院(Recording Academy)於每年二月頒發。Grammy Awards 葛萊美獎原名為 Gramophone Awards（**gramophone** [ˋgræməfon] 意思是「**留聲機**」），或稱做 Grammys，在音樂界的公信力等同於電影界的奧斯卡金像獎 (Academy Awards)。

American Music Awards 全美音樂獎

一九七三年，為了與葛萊美獎競爭，迪克克拉克 (Dick Clark)創辦第一屆全美音樂獎。該獎項得主由唱片消費者**票選**(vote)決定，而且並沒有設置最佳單曲與最佳唱片的獎項。

Billboard Music Awards 告示牌音樂獎

於每年十二月時頒發，由《告示牌》(Billboard)雜誌贊助。頒發對象為各種音樂類型的最佳專輯、藝人與單曲。告示牌音樂獎的獎項皆依照前一年度各**排行榜**(chart ranking)、**銷售量**(sales volume)、**下載量**(digital downloads)等作為評分依據，這種評分方式能夠讓人輕易地觀察到目前流行音樂界的趨勢及市場。

MTV Video Music Awards
MTV 音樂錄影帶大獎

始於一九八四年，通常在每年九月中舉行，常縮寫為 VMA，較重於嘉獎出色的**音樂錄音帶**（music video）。第一屆在紐約的無線電城音樂廳舉行，之後陸續在洛杉磯（Los Angeles）、邁阿密（Miami）和拉斯維加斯（Las Vegas）舉行過。

BRIT Awards 全英音樂獎

原本叫做 BPI Awards，在一九八九年被重新命名為 BRIT Awards。BRIT 原是 British 或是 Britannia 的縮寫，後來更代表 British Record Industry Trust。始於一九七七年，是英國唱片協會（British Phonographic Industry，**phonographic** [ˌfonəˈɡræfɪk] 為形容詞，意思是「**留聲機的**」）為流行音樂所舉辦的音樂盛典，規模媲美美國的葛萊美獎。從創立開始都是現場轉播，但因為一九八九年的現場表現效果不佳，從那之後至二〇〇七年的全英音樂獎都是在播出的前一天先錄製好的。

BRIT AWARDS 2013 with **MasterCard**

和頒獎相關的字彙

trophy 獎座

award ceremony 頒獎典禮

music industry 音樂界

music category 音樂分類

nomination （獎項）提名

winner 得獎者

live telecast 電視現場轉播

musical number 音樂表演片段

acceptance speech 得獎感言

award presenter 頒獎人

host 男主持人

hostess 女主持人

常聽到的獎項名稱

Record of the Year 年度唱片

Album of the Year 年度專輯

Song of the Year 年度歌曲

Lifetime Achievement Award 終身成就獎

Top Male/Female Artist 最佳男 / 女歌手

Top Radio Song 最佳電台歌曲

Best Original Composition 最佳原創作曲

Best New Artist 最佳新人獎

Sexual 性傾向
Orientation

在現今風氣自由開放的社會中，大眾對於多元的性傾向，態度從反彈、**歧視(discrimination)** 逐漸轉而**寬容(tolerance)**、**接受(acceptance)**。orientation 是「方向，傾向性」的意思，sexual orientation則是指一個人在情感和生理上會被男性或是女性吸引，像是**異性戀(heterosexual [͵hɛtərə`sɛkʃuəl])** 和**同性戀(homosexual [͵homo`sɛkʃuəl])**…等等。

單字朗讀 MP3 8

straight 異性戀

雖然異性戀的正式說法是 heterosexual，但口語上我們更常用 straight。

同性戀的其他說法

queer

queer [kwɪr] 原意是指「古怪、怪胎」，原本帶有歧視意味，但後來同志朋友開始以這個字自稱，意圖顛覆這個字本身的負面看法。

fag

這個字是 faggot [`fægət] 的簡稱，但這個帶有貶義的意味，千萬不要用這個字來稱呼。

LGBT 同志族群及非異性戀者

LGBT 指的是 lesbian、gay、bisexual 和 transgender 這四個字的英文縮寫。因為原先的「同性戀」一詞被認為含義太狹窄，所以在九〇年代 LGBT 一詞逐漸普及，泛指同志族群以及所有的非異性戀者。

lesbian 女同性戀

lesbian 是最常用來稱呼女同志的說法，中文的「蕾絲邊」亦是源出此字。**dyke** [daɪk] 這個字也代表女同志，不過這個字和 queer 一樣，原本帶有歧視意味，後來開始有女同志以此字自稱，雖然這個字已推翻負面意向，但還是不要用這個字來稱呼。若要細分女同志的角色，**butch** [butʃ] 和 **bull dyke** 指的就是比較陽剛的女同志，也就是台灣常說的 T，這個說法是從簡稱 **tomboy**（意思是「有男生氣息的女生」）而來的，但其實這個字在英文中並不會和女同志做聯想，單純是台灣人的說法。比較柔性、以「婆」自居的女同志，則稱做 **femme** [fɛm]。

gay 男同性戀

gay 原來意思為「開心，無憂無慮」，後來逐漸不再用此意，轉為指同志（尤其是男同志）。在英文中，形容男同志的說法有很多，例如 **bear** [bɛr] 指的就是體型壯碩、毛髮較多的男同志，**twink** [twɪnk] 則是說體型較為纖細、年輕的男同性戀者，還有俗稱男同志的「**一號**」為 top，「**零號**」則是 bottom。

bisexual 雙性戀

雙性戀是說不僅被單一性別對象給吸引，對於男性、女性皆會產生愛戀情懷的人。

transgender 跨性別者

transgender [træns`dʒɛndə] 是指不認同自己性別的人，許多有變裝甚至是變性的行為。值得一提的是，並不是所有的跨性別者都是同性戀。

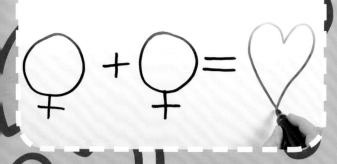

drag (queen/king) 變裝皇后，國王

drag 當動詞除了代表「拖、曳」，還有「變裝」的意思，這種變裝特指穿異性的衣服。扮裝者有各種不同的動機，不一定全都是同性戀者，有些是同志或變性者，有些只是想吸引目光。

come out 出櫃

come out 是 come out of the closet 的簡稱，用衣櫃(closet)來比喻同志們暗藏自己性向的狀況，而走出衣櫃的動作就是形容向大眾公開自己的性傾向。

A: Don't say anything about Gary being gay—he hasn't come out of the closet yet.

不要和別人說蓋瑞是同志的事，他還沒出櫃。

B: OK. His secret's safe with me.

沒問題，我會保守他的祕密的。

Stonewall Riot 石牆暴動

彩虹旗(rainbow flag)是同志的象徵旗幟，代表同志社群的多元及多姿多彩，不僅在六月的**同性戀自豪遊行**(Gay Pride march)可以看見，社會風氣較為開放的地區，像是舊金山的卡斯楚街區(Castro Street)、紐約的格林威治區(Greenwich Village)…等，都看得見彩虹旗高掛天際。

六月被全球 LGBT 者視為重要的一個月份，這是為了紀念一九六九年六月在格林威治區石牆酒吧(Stonewall Inn)發生的一場暴動，這場石牆暴動可說是發起同性戀權力運動的重要事件。

當時的社會對於同性戀者的歧視，司法警察的刁難，只要是出現在同性戀酒吧的人一律**逮捕**(arrest)，發生暴動的原因已不可考，只知道警察與拒捕民眾開始發生嚴重的肢體衝突，警察試圖武力鎮壓，但同志朋友不懼被逮捕的風險開始聚集起來，甚至在接下來的一星期裡持續**示威行動**(demonstration)。暴動之後，陸陸續續有許多維護同性戀權力的組織建立起來，隔年的同一天，舉辦了第一場同性戀自豪遊行。

Time to 我們結婚吧！ *Tie the Knot!*

wedding customs 婚禮習俗

各國的婚禮習俗皆有所不同，在東方喜宴中，常見新人與雙方家長走到每一桌向賓客敬酒；在西方則是**伴郎** (best man) 或**伴娘** (maid of honor) 代表全體嘉賓向**新娘與新郎** (bride and groom) **敬酒** (toast)，他們可能會爆料、講幾則溫馨小故事，當然，祝福的話是少不了的。有時，他們會舉辦 money dance，就像我們吃喜酒會包紅包一樣，是給新人的禮金，只是他們會用大頭針把現金別在新人身上，表示他們即將成家，是另一個全新家庭的開始。喜宴接近尾聲時，新娘會拋花束給台下的未婚女性，接到捧花者很可能就是下一位新娘。在一些習俗中，新郎可能也會丟出他的**吊襪帶** (garter) 給未婚男性，分享結婚好運。當**新婚夫妻** (newlyweds) 離開結婚儀式時，會在他們身上灑米，象徵著**興旺** (prosperity) 與**生殖力** (fertility)。

此外，美國還有一個很熱門的鬧洞房遊戲叫做 pin the tail on the groom。這個遊戲原名叫 pin the tail on the donkey（釘驢尾巴），玩遊戲的人要把眼睛蒙上，原地轉幾圈後，拿圖釘把驢尾巴釘在一張沒有尾巴的驢子圖上，釘的位置最接近的人贏，這是美國小朋友在生日派對上常玩的遊戲。而把驢子改成新郎就變成適合 bridal shower 或鬧洞房的遊戲了。

bachelor party 告別單身派對

bachelor party 又叫 **stag party**，大家一定看過好萊塢電影裡，準新郎(groom-to-be)在結婚前由其男性友人舉辦的告別單身派對吧？裡頭除了喝酒、到**上空酒吧**(strip club)狂歡，或者僱一位美豔的**脫衣舞孃**(stripper)在準新郎身上大跳豔舞，這樣的告別單身派對也有女生版本，稱為 **bachelorette party**。

bridezilla 酷斯拉新娘

bridezilla 是個新字，是由「新娘」(bride) 跟家喻戶曉的日本怪獸「酷斯拉」(Godzilla) 兩字組合而成。動用到酷斯拉來形容新娘，是因為美國的準新娘為了籌備一場完美的婚禮，往往過於求好心切而惹毛大家，成為眾人眼中的難搞角色，因此而戲稱這種反應過度、情緒失控的準新娘為「酷斯拉新娘」。

A: Did you hear Becky yelling at that caterer?
你有聽到貝琪對著辦外燴的大吼大叫嗎？

B: Yeah, she's turning into a total bridezilla!
有阿，她快變成真正的酷斯拉新娘了！

bridal registry　　結婚禮物清單

在美國，新人會在婚禮前於喜好的店家登記一些自己喜愛且必需的品項，這張清單就是 bridal registry 了。通常上頭都是些日常用品或裝飾品，讓賓客可以不用大費週章的煩惱該送新人什麼禮物，是不是很實用且實際呢？不過要怎麼知道新人缺些什麼呢？通常新人結婚前會先到百貨公司或家飾大賣場註冊送禮，然後再拿著條碼掃描器，直接對準想要的商品嗶一下，這些東西就會自動列入禮物**清單 (registry list)**，新人只要將商店的的註冊碼告訴賓客，客人就能直接在清單上看到新人想要的禮物以及禮物認購狀態，當某樣禮物已被人認領，店家就會從清單移除該品項，如此禮物便不會重複了。將這方法延伸，有些新人乾脆名列**蜜月 (honeymoon)** 費用、**教育基金 (education fund)**、房屋裝修費用等款項請大家出資，不過，相較於我國民情，這種作法可能有些人會覺得難以接受。

bridal shower　　準新娘派對；新娘花灑會

bridal shower 是專門為準新娘辦的派對，與在婚禮前一晚舉行的告別單身派對不同。bridal shower 雖是派對，用的卻是 shower 這個字，因為參加這個派對是要準備禮物的，好讓準新娘 (bride-to-be) 受到親朋好友禮物的洗禮，因為從前若有娘家沒財力為女兒準備**嫁妝 (dowry)**，或因娘家不贊同這樁婚姻，只好由親朋好友熱情出錢湊禮物，替新娘做好結婚準備。傳統上由**伴娘 (bridesmaid)** 發起，三五好友會帶禮物來，讓準新娘當場拆開禮物，接受祝福。其他與結婚有關的派對還有**訂婚喜宴 (engagement party)** 和**婚禮預演晚宴 (rehearsal dinner)**。

Education
教育

台灣的教育方式、環境、和制度都與歐美不盡相同，我們幫各位整理了以下字彙，讓大家能夠更瞭解他們的教育文化，不論是想和外國人談論這些話題，或是想要出國留學，這些單字都相當實用喔！

單字朗讀 MP3 10

親職教育

- **chaperone** 監護人／監護

chaperone [ˈʃæpə.ron] 最早是指中世紀騎士頭上的帽子，由於騎士的工作就是保衛君主，後來引申為專門陪在年輕未婚小姐身旁的老婦人，類似奶媽的角色，只是她們不負責照顧小孩，而是要避免讓小姐在公眾場合逾矩，或與男士過度親近。在美語中，則是指中小學舉辦舞會等活動時，由家長擔任導護的工作，這個字可以當名詞，亦可作動詞使用。

- **helicopter parents** 直升機父母

helicopter [ˈhelɪ.kɑptə] 為「直昇機」，而 helicopter parents 是指如同直升機般在頭上盤旋不去的父母，隨時監視小孩的一舉一動，深怕小孩遭遇困難或受傷。在北歐這種父母被稱做 **curling parenthood**（curling 中文意思為「冰壺」，又稱做冰球，是一項隊制的冬季奧林匹克運動會項目，運動員需要把對方的石壺擊走，並把自己隊的石壺留在比賽場地的圓心中），美國還有些學者稱這種父母叫做「**除草機父母**」（lawnmower parents [ˈlɔn.moə ˈpærənts]），因為他們企圖為孩子掃除所有生命或生活上的**障礙**（obstacles），甚至插手幫忙解決孩子自己的問題，此種行為被美國教育專家視為「**過度管教**」（over-parenting）。

- **boomerang generation** 迴力棒世代

對東方人來說，成年甚至是結婚後仍與父母同住不是什麼稀奇的事情，但是在歐美國家，在高中或大學**畢業**（graduation）之後就會正式離家、獨立生活，若是繼續與父母同住通常會遭受到異樣的眼光。儘管如此，近年來**生活開銷**（cost of living）飆

漲，年輕人無法負擔，紛紛回去與父母同住，生活打理與開支都仰賴父母，這樣的現象在東西方都有增加的趨勢，這樣的年輕人就是 boomerang generation 或是 **twixter**。迴力棒（boomerang）是一種丟出去又會自己飛回來的玩具，這裡用來形容二十多歲的年輕人就像是迴力棒一樣，在外諸事不順之後，紛紛回去投靠父母。

- 處罰小孩的方法

time out 是叫人**閉嘴不准亂動**，目的是要讓孩子冷靜下來。如果小孩吵鬧不休或是犯錯，可以叫他 Go to your room!（進你房間去！）。

一般處罰小孩的方法還有以下幾種：

- **spank** 用手打屁股
- **go to bed without dinner** 不准吃晚餐直接上床睡覺
- **ground/curfew** 禁足
- **no TV/video games/Internet/telephone/car (for x amount of time)**
不准看電視／打電動／上網／打電話／開車（一段時間）
- **no allowance** 不給零用錢
- **extra chores** 多做家事

成績、學位

- **SAT** 學術評估測試

  SAT 為 **Scholastic Aptitude Test** [skə`læstɪk `æptə,tud tɛst] 的縮寫，SAT 成績是美國各大學申請入學的重要參考，目的在於評估一個人是否已具備大學生應有的學術能力，並非智力測驗或英語能力測驗。SAT 可分為理解測驗（SAT Reasoning Test 以考試英文程度、數學推論能力及英文寫作能力）和學科測驗（SAT Subject Test 則是測量考生在某特定學科的知識，以及運用相關知識的能力，計有文學、數學、生物、化學、語言及聽力測驗…等二十二種學科）。

- **GPA** 在校平均成績

  GPA 是 **grade point average** 的縮寫，即成績點數與學分的加權平均值。台灣用的是**百分點制** (**percentage grading**)（即零分到一百分），但在美國則是使用類似甲、乙、丙、丁 (A, B, C, D) 的**等第分級** (**letter grade**)，在計算 GPA 時須先將百分點的分數換算成等級點數，例如 A 表示九〇到一百，換成 GPA 為四點；B 則是八〇到八十九，換算 GPA 為三點，以此類推。

- **placement test** 分班測驗

  分級考試目的是要測出學生的程度，以便安排到最符合程度的班級上課。雖然每間學校的規定不太一樣，不過美國大學和語言學校 (language school) 一定都有分級考試。

- **pass/fail/incomplete** 成績評比方式

  美國學校是以 pass/fail（表示「有過」或「沒過」）的評分方式來取代分數。這樣的好處是學生不會因為成績較低而影響到在校平均成績，但壞處就是以後申請學校時無法確實得知該科的成績而使學生所申請的學校無從參考起。

  未完成 (incomplete) 是專為生病或因無法抗拒之因素導致無法在學期結束前完成課業，但已至少完成百分之七十五的作業和考試並且表現達到 C 以上成績水準的學生所設立的。此時學生可以跟指導教授或講師討論，請教授先給 incomplete，好讓他們在期限之內將剩下的部分完成，屆時再給正式的成績，這樣一來，既不會影響到學生的 GPA，也不用整堂課重修了。

- **honor roll** 資優生名單

  你的成績必須整學期都有達到一定的水準，或是特別優異，才能進入所謂的 honor roll。而美國高中也有**先修課程**（**advanced placement**，簡稱 AP）供成績優異的學生攻讀，這些課程的難度較高，但修習完畢後可以折抵大學學分。

- **hat toss** 丟學士帽

  許多人對於畢業典禮的印象就是將學士帽拋在半空中，這樣的行為叫做 hat toss。

- **summa cum laude** 以最高榮譽畢業

  summa cum laude 是拉丁文「最優等」的意思，除了可以當形容詞之外例如：(a summa cum laude graduate)，也能當副詞例如：(graduated summa cum laude)。在美國，高於平均分數的成績分為三個等第：**cum laude**（**以優等成績畢業**）、**magna cum laude**（**以優異成績畢業**），summa cum laude 則為最高等級。

- **bachelor's degree** 學士學位

  學士學位是指人文科目 (liberal arts)、科學 (sciences) 或兩者的大學畢業學位。**人文科學學士**是 Bachelor of Arts，可縮寫為 B.A.。**理工學院畢業生** Bachelor of Science，則可寫做 B.S.。商學院學士則有偏**管理行政**的 B.B.A. (Bachelor of Business Administration [əd,mɪnə`streʃən])，或偏**數據統計**的 B.S.B.A. (Bachelor of Science in Business Administration)。

  至於**碩士學位** (**master's degree**)，簡單來說就是把上述的 Bachelor of 改為 Master of 即可（縮寫則把 B 改成 M）。而一般所謂的 Ph.D.（**博士學位**），則為 Doctor of Philosophy 的縮寫。

- **diploma mill** 野雞大學

  這個帶諷刺意味的字，意思有點像中文常說的「學店」。diploma 是指「畢業證書」，而 mill 有「工作坊、工廠」的意思，用來形容只要有錢，連你家的寵物都能拿到碩士學位的學校。

特殊課程

- **pre-med / pre-law** 醫學系；法律系
  台灣大學裡有醫學系和法律系，但是在美國，你必須先拿到學士學位之後才能去念醫學院 (medical school) 或是法學院 (law school)，因此有志於當醫生或是律師的人，大學時就會選擇醫學預備科或是法律預備科當做主修 (major)。

- **prep school** 大學預備學校
  這個字為 preparatory school 的簡稱，是以升大學為目的的私立中學也就是小學畢業之後上的國中及高中，因此也稱做 college preparatory school。大學預備學校的師生比例極低，一個老師大約教十個學生左右，且相較於免費的公立學校 (public school)，這類學校收費經常令人咋舌，與長春藤聯盟大學 (Ivy League) 的學費不相上下。

- **charter school** 特許學校
  charter 有「許可證，授予特殊權利」的意思。在美國，特許學校是公辦民營性質的學校，從幼稚園到高中都有，與其他公立學校一樣不收學費。部分特許學校是由排斥一般公立學校教學系統的教師、家長所籌辦，這類學校獨立於各地的教育系統，採用各自的教學法或教學重點（如美術、數學），以達成申請許可之初所呈報的教學目的。

- **preschool** 學前教育課程
  又稱為 Pre-K。美國提供公民 K-12（讀做 k twelve）的教育福利，即從幼稚園（kindergarten，六歲）到十二年級（高中畢業十八歲）都有免付學費讀書的權利，preschool 則是給三到五歲幼兒的學習課程，一般以培養**認知能力** (cognitive skills)、情緒管理能力 (emotional skills) 及腦力開發 (brain growth) 為目的。

- **Head Start** 學前啟蒙計畫
  意思就是「領先、比他人早一步獲得的優勢」，也就像是我們常說的好的開始；大寫的 Head Start 則是指美國政府專為低收入戶家庭的學齡前幼兒設計的「學前啟蒙計畫」或是「學前培訓機構」。

學校好好玩

- **homecoming** 校友返校日
  返校日是美國的高中及大學的傳統，通常在九月底和十月初舉行，該段期間會舉辦一系列的活動。通常最重要的高潮是運動比賽，比如常見的美式足球賽，或是籃球、冰上曲棍球賽 (ice hockey)，還會有舞會及其他藝文活動，而在舞會中所選出來的舞王和舞后，就叫做 homecoming queen 及 homecoming king，一般來說是以最高年級的學生 (senior) 為主要候選人。

- **prom** 高中舞會
  美國高中每年都會舉辦的舞會，被視為高中生的重要活動之一。一般來說，參加者都會穿著正式服裝，並與事先找好的舞伴 (date) 一起赴會。重頭戲是公佈大家選出的最受歡迎男生與女生，加冕為舞會國王與皇后 (prom king/queen)。

- **pep rally** 加油歡呼
  pep 在這裡有「活力」的意思，pep rally 是指美國高中大學在運動比賽之前的加油儀式，

  通常是由學校的啦啦隊和樂隊在觀眾前帶領呼口號並帶來炒熱氣氛的表演以振奮精神。

- **school spirit dress up day** 學校精神裝扮日
  返校節有些學校會有裝扮日，學生會按照特別主題變裝，比如八〇年代日或是牛仔日 (cowboy day)…等等，school spirit dress up day 則是以學校精神為主題。

- **Greek system** 希臘社團
  又稱做 Greek community，是美國大學裡特有的社交組織——**兄弟會** (fraternity [frə`tɜnətɪ]) 和**姊妹會** (sorority [sə`rɔrətɪ])。**很多想加入這些組織的人稱為** pledge，這些組織還會有特定一個星期專門舉辦招會員的活動，就是 rush week，入會前還需經過一連串的**考驗** (hazing)，直到被學長姐認同後才算正式加入，常被認為是只會喝酒玩樂的社團。但其實並不全然都是娛樂性質，也有純學術或是興趣同好的類型。

其他

- **RA** 宿舍管理員助理
  RA 是 **resident assistant** 的簡稱，為美國大學**宿舍** (dormitory，簡稱為 dorm) 每一層樓都有的宿舍管理員助理，他們跟大家住在一起，是宿舍中的學生領袖，擔任學校與住宿學生之間的橋樑。他們必須輔導新生適應新的住宿生活，和同學互動，掌控住宿同學的行為，並提供學生生活上的協助。有些大學要求宿舍助理跟宿舍管理者須定期開會，以便了解宿舍事務及新近狀況。

- 點名
  教授愛不愛點名常常都是我們要不要修這門課的主要考量之一，**點名**的英文是 take attendance，千萬不要說成 call sb. names 喔，這句話是指「**罵人**」，而且是罵像 idiot、pig 或是 bastard 這種人身攻擊的字眼。

Religions

宗教

單字朗讀 MP3 11

各大宗教全球分布圖：

- Christianity
- Islam
- Hinduism
- Buddhism
- Judaism
- Chinese religions
- Korean religions
- Shinto
- Folk religions
- No religion

圖權：wikipedia

Judaism 猶太教

猶太教創立超過三千五百年，發源於中東地區，創始者為**摩西**(Moses)，為三大**亞拉伯罕**(Abrahamic)宗教的起源，信仰者多為猶太人。該教對**基督教**(Christianity)和**伊斯蘭教**(Islam)影響甚鉅。猶太人相信唯一的真神，奉行稱為 Torah 的教律，宗教的精神領袖稱為**拉比**(rabbi)。

Hinduism 印度教

印度教為印度傳統宗教，起源於上古時梵天傳給人類的《吠陀經》(Vedas)，印度教屬於**多神教**(polytheism)，主張人與神明可以透過祭祀來溝通。信徒還相信人的靈魂永生，會無止盡重複生死疾苦等之**輪迴**(samsara，即 reincarnation [ˌriːɪnkɑrˋneʃən])。認為當**人類的靈魂**(Atman，也就是小我)與**宇宙的靈魂**(Brahman，即大我)合一時，人們就能脫離輪迴而**解脫**(moksha)。

Buddhism 佛教

佛教是佛陀教育的簡稱，與印度教頗有淵源，但卻不講求神靈崇拜，與西方文明所定義的宗教不太相同。起源於西元前六世紀的古印度，創始人是佛號為釋迦牟尼(Shakyamuni)的悉達多喬達摩(Siddhartha Gautama)。當時悉達多在菩提樹下**悟道**(enlightenment)，之後創立了佛教。東南亞較流行的教派稱作**小乘教派**(Theravada [ˌθɛrəˋvɑdə])，而東北亞地區則是**大乘教派**(Mahayana [ˌmɑhəˋjɑnə])，小乘比較著重自我修持，而大乘則希望普度一切眾生。基本上佛教與印度教相同處在於，這兩宗教都相信輪迴，認為過去一切行為所引發的結果，會對現世及來世的命運造成影響，這就叫做「**業**」(karma)，種惡因就會有 bad karma，反之行善就會有 good karma。佛教主張唯有脫離輪迴，也就是達到**涅盤**(Nirvana)境界，才能離苦得樂。

Islam 伊斯蘭教

又稱做回教，是全球第二大宗教，創立超過一千四百年，起源於阿拉伯地區，遵循《可蘭經》(Quran 或 Koran)，崇拜唯一的真神**阿拉**(Allah)，其寺廟稱為**清真寺**(mosque)，其信徒稱為**穆斯林**(Muslim)。

穆斯林奉行以下「**五功**」(five pillars)：

念(testimony)：默唸信仰要義

禮(prayer)：每天五次面對聖地**麥加**(Mecca)，向阿拉膜拜

齋(fasting)：守齋戒

課(alms-giving)：每年年終課稅，救濟窮人

朝(hajj)：一生至少一次到麥加朝聖

Christianity 基督教

廣義的基督教泛指所有信奉耶穌教義的教派，為全球信仰人數最多的宗教，主要的經典為聖經(the Bible)，聖經可以分為在耶穌之前《舊約聖經》(*Old Testament*)和耶穌門徒所寫成的《新約聖經》(*New Testament*)，認為人生來便有**原罪**(original sin)，需要受到赦免，相信唯一的真神**耶和華**(Jehovah)同時也相信**耶穌**(Jesus)是神之子，只要信仰耶穌即可獲得永生。人們可以透過**禱告**(prayer)來請求上帝**赦免**(forgive)他們的罪過，並且會每個星期天都上教堂**做禮拜**(worship)。

Mormonism 摩門教

摩門教的正式名稱為「耶穌基督後期聖徒教會」(Church of Jesus Christ of Latter-day Saints)，創始人為約瑟史密(Joseph Smith)。**摩門教徒**(Mormon [ˋmɔrmən])主要集中於美國猶他州(Utah)，除了聖經之外，同時還膜拜《摩門經》(*The Book of Mormon*)、《教義與聖約》(*Doctrines and Covenants*)和《無價珍珠》(*Pearl of Great Price*)這三部經典，且引用的聖經內容也和基督教有歧異，因此早期曾遭受基督教會強烈的打壓。摩門教信徒一生中必須奉獻兩年到世界各地傳教，也因為傳教的熱忱，這些信徒往往在幾個月內就可以學會另一種語言。摩門教徒最為外界所知的，就是他們非常重視家庭觀念，除了禁止離婚、**墮胎**(abortion [əˋbɔrʃən])、**婚前性行為**(premarital sex)，他們不菸、不酒、不喝茶、咖啡等含**咖啡因**(caffeine)的飲料，過著非常虔誠的宗教生活。

宗教相關常識

Catholic 與 Christian 的比較

在台灣，人們容易因這兩字的中譯而產生誤解。基本上，Christian 是泛指信仰耶穌基督及其教義的人，因此「基督徒」一字包含了不同的基督教派信徒，主要有以下三種教派：

- (Roman) Catholic 天主教徒
- Orthodox Christian 東正教徒
- Protestant 新教徒

carnival 嘉年華

carnival 原本是天主教和東正教的重要節日，頗有街頭派對的氣氛。所以後來許多娛樂性的大型遊行、攤位活動，都被稱為 carnival。

Puritan 和 Pilgrim 都是「清教徒」？

pilgrim [ˋpɪlgrɪm] 是「朝聖者」、「流浪海外的人」的意思，字首大寫時專指一六二〇年搭乘五月花號(Mayflower)移居美國的第一批英國清教徒(Puritan [ˋpjurɪtən])。Puritan 這個字源自拉丁文 the pure ones（純淨的人），字首大寫是指十六世紀中葉英國一群深受**喀爾文教派**(Calvinism)影響的新教徒，他們主張要**清除**(purify)英國國教(Church of England)當中的天主教色彩，因而被稱作清教徒。清教徒後來分為兩派，一派主張在英國國教體制內改革，另一派則主張與英國國教分離，這群分離派受到英國政府迫害，因而於一六二〇年代開始陸續遠避海外，逃往荷蘭(Holland)或移民北美洲。puritan 若字首為小寫，還有引申為「認為不可享樂的人」之意。

pilgrimage 朝聖之旅

pilgrimage [ˋpɪlgrəmɪdʒ] 原指各種宗教信徒長途跋涉到聖地朝拜的「朝聖之旅」，如回教徒一生要去一次麥加、猶太人造訪**耶路撒冷**(Jerusalem)、印度教徒到**恆河**(Ganges)沐浴，而這些「朝聖者」就是 pilgrim。這樣的說法後來引申為與宗教無關的用法，例如熱愛電影的人前往好萊塢或**坎城**(Cannes)，也可以說是去朝聖。

convert 是什麼？

convert [kənˋvɝt] 當動詞時，表「**改信、皈依**」某宗教，而作名詞時唸為 [ˋkɑnvɝt]，意思為「**改變或開始加入某信仰的人**」。電影及影集中，convert 這個字眼經常與猶太教一起出現，像《慾望城市》(Sex and the City)當中的夏綠蒂(Charlotte)認定猶太男友會是未來的丈夫之後，就開始上猶太教義課，學習各種猶太生活習俗，為的就是要改信猶太教。夏綠蒂會這麼大費周章，是因為信奉猶太教的民族基本上都是猶太人，若**非猶太人**(gentile [ˋdʒɛntaɪl])想成為猶太人，根據猶太律法，除了要通過教義瞭解程度的考核，正式改信猶太教，還要遵循猶太人的生活、思考方式，獲得猶太**社群**(community)的認可，才算真正被接納成為他們的一份子。

美國基督教葬禮流程

在美國，人死後通常會在幾天內辦完喪事，**死者**(the deceased [dɪˋsist])的**遺體**(remains)會先送往私人經營的**殯儀館**(funeral home)或是殯儀公司的**停屍間**(mortuary [ˋmɔrtʃuˌɛri])，讓葬儀工作者處理刊登**訃聞**(obituary [oˋbɪtʃuˌɛri])、接洽教堂或**墓園**(cemetery [ˋsɛməˌtɛri])等工作，並替死者進行防腐和化妝的事宜。葬禮當天稍早或前一、兩天晚上會在殯儀館或教堂舉辦**追悼會**(wake/visitation [ˌvɪzəˋteʃən]/viewing)，參加的來賓會在**簽到簿**(guest book)簽名向家屬致意，追悼會上還經常會展示死者生前重要場合和歡樂時刻的照片或錄影帶，帶食物去參加追悼會是比較老派的作法，現在大部份都是提供外燴餐飲服務。現場開棺供人**瞻仰遺容**稱做 open casket，像麥可傑克森(Michael Jackson)的追悼會不供人瞻仰，就是 closed casket。

葬禮會在殯儀館或教堂舉辦，除了**神職人員** (clergy) 帶領禱告、讀經之外，還會安排一位親友致**悼詞**(eulogy [ˋjulədʒi])，比較特別的是一般會在悼詞中開死者的玩笑。葬禮之後，棺木會由幾位抬棺者抬上**靈車**(hearse [hɝs])，再由親友送往墓園或**火葬場** (cremation [krɪˋmeʃən]) 舉行最後的**下葬儀式** (burial [ˋbɛriəl])。

Fortune-telling

命運好好玩

所謂占卜，就是利用**超自然**(supernatural)力量或一些運算方法來推測未來或探究事物的活動。古今中外都發展出許多預測未來的方法，不過大家有興趣看一看就好，可別太過沉迷喔！

單字朗讀 MP3 12

palm reading 手相

手相又稱掌相，是一種以手掌的**紋理**(lines)去推論運程的占卜法，起源於印度，後來又傳到西方和中國等其他東方地區。通常掌紋看起來比較清晰的人較為**理性**(rational)；如果一個人的掌紋很複雜就是代表思緒較複雜。

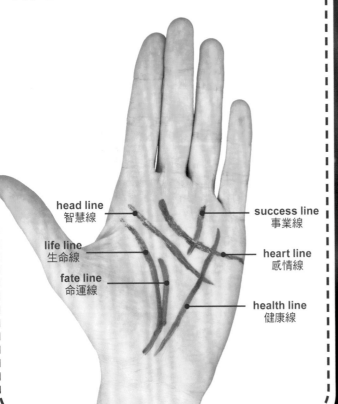

head line
智慧線

life line
生命線

fate line
命運線

success line
事業線

heart line
感情線

health line
健康線

tea leaf reading 茶葉占卜

茶葉占卜屬於**杯子算命**(tasseography[ˌtæsɪˋɑɡrəfi])，這個字源自於法文的杯子 (tasse)，是一種即席性的占卜，因為喝茶在西方是一種悠閒時的樂趣，也是與良朋好友聯誼的好活動，於是喝完茶後，人們便會藉由杯中殘餘茶葉來觀測未來運勢，此外也會有人用**咖啡渣**(coffee grounds) 或是葡萄酒渣等來進行占卜。在電影《哈利波特》系列 (Harry Potter series) 中神經兮兮的崔老妮教授 (Professor Trelawney) 就是一天到晚嚷嚷著她從茶渣裡看到哈利波特會死亡的預言。

crystal ball 水晶球

相傳在英國公元前兩千年，由英國的宗教人員最早開始用水晶球來占卜，後來在中世紀期間的歐洲中部，預言家、巫師、靈媒、**算命師 (fortune teller)** 也開始使用其他類型的水晶「看見」未來，此種**水晶預言法**就叫 **crystal gazing** 或 **scrying** [skraɪɪŋ]。水晶球之所以能用來占卜，主要是因為它具有別的**磁場 (magnetic field** [mæg`nɛtɪk fild])，而一般用來做占卜之用的都是白水晶。通常占卜者會從水晶球中看見一些具體的畫面或**預兆 (omen** [`omən])，畫面中出現的顏色、形狀都可用來判斷即將發生的事。

psychic 通靈

有很多人會請「靈媒」來幫他們算命，這些靈媒聲稱自己有超能力，可以感知未來。很多人會把 psychic 和另一個字 medium 搞混，因為在中文都是靈媒的意思。其實 psychic 的中文比較接近於「超能力者」，像是會隔空移動物體、讀心術等等，而 **medium** 比較偏向能和鬼神溝通的人，因此嚴格來說，medium 只是 psychic 的其中一種。現在美國甚至還流行一種**電話通靈問事 (psychic hotline** [`saɪkɪk `hɑt.laɪn]) 的服務，只要打付費電話過去，就可以向靈媒詢問自己的未來運勢，得到一些參考。

除了求助靈媒外，西方人也會聚在一起玩**應靈板 (Ouija board** [`widʒə bord]) 來和鬼神溝通，詢問有關未來的問題。Ouija 為法語 oui 與德語 ja 的組合，這兩個字相當於英語的 yes，應靈板上有字母 A 到 Z，以及數字 0 到 9，靈魂可用上面的字來回答問題，對未來做出**預測 (prediction)**，有點類似中國人玩的「碟仙」。

animals 動物占卜

萬物皆有靈性，有時候動物甚至比人類還要敏感，因此便有人用動物的行為來臆測未來，例如日前台灣流行的**鳥卦 (bird divination** [ˌdɪvə`neʃən])，就是利用鳥禽去抽籤占卜，還有在世界盃足球賽預測百發百中的章魚哥保羅 (Paul the Octopus) 都是絕佳的例子。

numerology 祕數學

古希臘哲學家及數學家畢達哥拉斯 (Pythagoras) 認為數為萬物的源頭，所以後來便研究發展出與個人相關的數字來推知人的個性和未來。這主要是從英文名字的**字母排序 (alphabetic system** [ˌælfə`bɛtɪk `sɪstəm]) 來算，或是用出生年月日相加至個位數的**生命靈數 (life path number)**。

astrology 占星術

占星術與**天文學** (astronomy [əˋstrɑnəmi]) 有關，主要是利用人的出生地、出生時間和當時天體的位置來解釋人的性格和**命運** (destiny)。最早出現於**美索不達米亞** (Mesopotamia [ˌmɛsəpəˋtemiə])，西方占星主要以太陽為主，為人類最古老的信仰之一，也是至今為止延續最久的占卜法，不過這種占卜方式必須將當事者所在的地點考慮在內，因為不同地區所呈現的天體圖象不同。現在比較常見的就是**星座** (astrological sign [ˌæstrəˋlɑdʒɪkəl saɪn]) 運勢預測。

黃道十二宮 (zodiac [ˋzodɪˌæk]) 的星座怎麼說？

 ● **Aquarius** [əˋkwɛriəs]
水瓶座 (1/20 - 2/18)

 ● **Pisces** [ˋpaɪsiz]
雙魚座 (2/19 - 3/20)

 ● **Aries** [ˋɛriz]
牡羊座 (3/21 - 4/20)

 ● **Taurus** [ˋtɔrəs]
金牛座 (4/21 - 5/20)

 ● **Gemini** [ˋdʒɛməˌnaɪ]
雙子座 (5/21 - 6/21)

 ● **Cancer** [ˋkænsɚ]
巨蟹座 (6/22 - 7/22)

 ● **Leo** [ˋlio]
獅子座 (7/23 - 8/22)

 ● **Virgo** [ˋvɝgo]
處女座 (8/23 - 9/22)

 ● **Libra** [ˋlibrə]
天秤座 (9/23 - 10/22)

 ● **Scorpio** [ˋskɔrpiˌo]
天蠍座 (10/23 - 11/21)

 ● **Sagittarius** [ˌsædʒɪˋtɛriəs]
射手座 (11/22 - 12/21)

 ● **Capricorn** [ˋkæprɪˌkɔrn]
魔羯座 (12/22 - 1/19)

印度的占星術 (Hindu astrology)，又稱為「**吠陀占星術**」(Vedic astrology)，與歐美很大的不同之處在於，印度占星術以月亮為基準，著重於預測在某個時間點所會發生什麼事件，而不是針對個性或心理方面做分析。

中國古老的占星術也是運用相同原理，運用曆法是**農曆** (lunar calendar) 精確地排出每個人的流年。就像西洋常會用星座來預言一樣，中國占星術最常見的就是**十二生肖** (Chinese zodiac) 和**天干** (Heavenly Stem)、**地支** (Earthly Branch) 了。

tarot cards 塔羅牌

塔羅牌最早只是紙牌遊戲的一種，後來之所以這麼盛行，應該是**吉普塞人 (Gypsy)** 的傑作，相傳吉普賽人非常喜歡這種紙牌遊戲，而且塔羅牌攜帶方便，很適合吉普塞人遊牧的生活型態，之後更輾轉發揚了塔羅牌的占卜功能。即便到現在，塔羅牌還是常常和吉普賽人聯想在一起，占卜者也常會穿得像吉普賽人一樣，感覺比較厲害。

塔羅牌基本上是根據圖像的**象徵意義 (symbolic meaning)** 來對將來做出預測，**整副牌 (deck)** 共有七十八張，上頭的圖案細節也各具不同意義，出現的方位是正位或逆位也有不同的解釋。主要可分為：

大阿爾克那（Major Arcana [ɑrˋkenə]，又稱大祕儀）：共二十二張，多指較為抽象的宇宙能量。

小阿爾克那（Lesser Arcana/Minor Arcana，又稱小祕儀）：共五十六張代表人世間的日常現象。又分為聖杯、權杖 、寶劍 、五角星錢幣 四種花色 (suit)。

 ● cups 聖杯
代表水元素，掌管**感情 (emotions)** 及**創造力 (creativity)**

 ● wands 權杖
代表火元素，象徵**挑戰 (challenges)** 和**意志力**。

 ● swords 寶劍
代表風元素，掌管思想，象徵理念和**信仰 (beliefs)**。

 ● pentacles 錢幣
代表土元素，象徵現實，掌管**物質 (material)** 層面。

精典塔羅牌意解釋

● **Death 死神**
骷髏人騎在馬上，讓人看了感到不寒而慄的一張牌，不過它不見得指涉「死亡」，而是象徵著失去、改變，或**出乎意料的事情 (revelation [ˌrɛvəˋleʃən])**。

● **The Fool 愚人**
愚人牌表示有初生之犢不畏虎的勇氣，雖然愚人看起來傻傻憨憨，正因此而有開拓新局的膽量，也有「**傻人有傻福」(Ignorance is bliss.)** 的意味。

● **The Hanged Man 倒吊人**
象徵偉大志業的完成，有谷底反彈的意味，也象徵低層次的慾望轉化到高層次的靈魂。

● **The Lovers 戀人**
以亞當夏娃為主題，主要在表達純潔的愛，不過更常見的意義是「選擇」。

Greek Mythology 希臘神話

單字朗讀 MP3 13

希臘神話最早是透過口述傳播，先民的傳說內容不外乎是透過故事闡述自然現象（開天闢地、四季的形成）、人生的奧祕（生與死、財富、智慧）。直到西元前七世紀才開始出現以文字編寫神話的作家。希臘神話相關著作當中，最有名的要算是將神話穿插於戰爭故事中的荷馬 (Homer) 史詩（一開始也是透過口述，西元前八世紀才文字化）；另一則是西元一世紀羅馬作家奧維德 (Ovid) 的《變形記》(*Metamorphoses*)，他的故事特色在於會用人物變形來反映角色的心理變化，影響後世作家與藝術家的創作甚深。

希臘、羅馬神話諸神對照表

希臘神話經過千百年的傳述、翻譯，直到進入羅馬帝國時期經過多位作家的改編，因此同一神祇會有希臘及羅馬兩種名稱。

Greek 希臘	Roman 羅馬	職掌
Zeus 宙斯	Jupiter 朱彼得	眾神之王
Hera 赫拉	Juno 茱諾	眾神之后
Poseidon 波塞頓	Neptune 尼普頓	海神
Hades 黑帝斯	Pluto 普魯托	死神
Persephone 珀耳塞福涅	Proserpina 普洛塞庇娜	死神之后
Demeter 迪米特	Ceres 賽爾絲	植物、農業女神
Pan 潘恩	Faunus 法烏努斯	森林之神
Ares 阿瑞斯	Mars 瑪爾斯	戰神
Hermes 赫爾墨斯	Mercury 墨丘利	眾神的信差
Hephaestus 西法斯特斯	Vulcan 伏爾肯	火神；鐵工之神
Athena 雅典娜	Minerva 米諾娃	智慧女神；戰爭女神
Aphrodite 阿芙蘿黛緹	Venus 維納斯	愛神；美麗女神
Apollo 阿波羅	Phoebus 福玻斯	太陽神；主司詩歌、音樂、舞蹈、醫藥及預言
Artemis 阿提密斯	Diana 黛安娜	狩獵女神；月神；貞潔女神；主司動物及生育
Eros 厄洛斯	Cupid 邱比特	愛神
Hebe 赫柏	Juventas 尤瑞特斯	青春女神

精選希臘神話

Narcissus　納西瑟斯

納西瑟斯是河神西非塞斯 (Cephissus) 和水澤女神里瑞歐普 (Liriope) 的兒子，擁有女人都不及的容顏。但納西瑟斯卻愛上自己在池面上的倒影，因愛情無法結果抑鬱而死。而深深愛著納西瑟斯的林中**仙女 (nymph [nɪmf])**——愛可 (Echo)，因被希拉 (Hera) 奪去主動說話的權利，永遠只能重複別人最後一句話，無法告訴納西瑟斯愛上的只是自己的倒影，也無法表達出對他的愛，愛可最後也傷心致死。天上諸神為納西瑟斯的癡情而感動，便將他化為湖邊的水仙花，日日夜夜映照在水面上。narcissus [nɑr`sɪsəs] 除了代表納西瑟斯，還有「水仙花」的意思，因這個典故延伸出 narcissism [`nɑrsə,sɪzm]，就是說「**自戀、自我陶醉**」，形容詞為 **narcissistic** [,nɑrsə`sɪstɪc]；**echo** 就表示「**回音、回聲**」。

Hercules　海克力斯

海克力斯是宙斯在凡間和**凡人 (mortal)** 女子所生下的眾多孩子之一，這些孩子的存在對赫拉來說都是丈夫背叛自己的證據，怒火中燒的赫拉，在海力克斯八個月時曾想以毒蛇毒死他，但是力大無比的海力克斯卻徒手將蛇給捏死。後來赫拉不甘海力克斯和老婆小孩過著幸福的生活，便害海克力斯發瘋，將自己的妻小全都殺死。清醒後的海克力斯後悔不已，為了**贖罪 (atone)**，決心要為麥錫尼 (Mycenae) 國王尤瑞塞斯 (Eurystheus) 完成一系列十二個近乎不可能的任務，像是剝去尼米亞 (Nemea) 巨獅的皮和除去**九頭蛇妖 (Hydra)** 的頭…等等。

Odyssey　《奧德賽》

《奧德賽》與《伊利亞德》(Iliad) 同為荷馬所著的史詩，而《奧德賽》是《伊利亞德》的續集。《奧德賽》主要是在特洛伊戰爭 (Trojan War) 後，希臘英雄奧德修斯 (Odysseus) 回鄉的冒險故事。奧德修斯以巧智的木馬策略攻下特洛伊城，在戰勝的返國路上觸怒了海神波塞頓（為宙斯的弟弟），波塞頓使奧德修斯一路上吃盡了苦頭，遇見獨眼巨怪賽克羅普斯 (Cyclops)、**賽壬**（**Siren** [`saɪrən] 為人首鳥身的女海妖）的誘惑等考驗，花費了十年才回到家鄉。

Pandora's box　潘朵拉的盒子

泰坦 (Titan) 為大地女神蓋亞 (Gaia) 和天空之神烏拉努斯 (Uranus) 所生出的六對雙胞胎，宙斯的父親克羅努斯 (Cronus) 則是年紀最小的泰坦。

畏懼於宙斯日益強大的勢力，克羅努斯集合所有泰坦對抗宙斯和其手足，泰坦之戰就此爆發。戰勝後，宙斯被擁立為統治者，並命令泰坦神**普羅米修斯 (Prometheus)** 和**伊皮米修斯 (Epimetheus)** 創造地球上的生物。普羅米修斯利用神的模樣雕塑了人類，伊皮米修斯則創造出動物，並賦予它們生存所需的特性。因好的特性全都被伊皮米修斯給了其他動物，沒有其他的可以讓普羅米斯修分給人類，因而**違抗 (disobey)** 宙斯命令，決定盜取天火給人類（天火為人類**智慧 (wisdom)** 的象徵）。為了懲罰得到天火的人類，宙斯命令工匠神希費斯特 (Hephaestus) 打造出世界上第一個女人潘朵拉 (Pandora)，將她許配給伊皮米修斯，送她一只盒子，並囑咐她千萬不能打開。**好奇心 (curiosity)** 的驅使，潘朵拉將盒子打開了，邪惡與**災難 (disaster)** 從盒子裡跑了出來。時至今日，Pandora's box 常被用來比喻「意料之外困境的根源」。

例　The Pandora's box of nuclear weapons should never have been opened.
核子武器的潘朵拉盒子打從一開始就不該被打開。

Painting Styles

繪畫風格與流派

單字朗讀 MP3 14

Surrealism 超現實主義

這個派別的畫作，主要精神在於對**理性** (rational) 和**虛偽** (hypocritical) 的社會感到不滿，以毫無**邏輯** (logic)、違反基本物理原則的方式，將毫不相干的意象作連結，進而造成一種幽默的**荒謬** (absurd) 感。此外，該畫派更喜歡以夢境和**潛意識** (subconscious) 的影像為題材，為了表現與真實世界的扭曲或矛盾，他們也常常採用精細而**寫實** (realistic) 的手法來表達超現實的世界。其代表性的畫家為西班牙的達利 (Salvador Dalí) 和米羅 (Joan Miró)。

Dalí, *The Persistence of Memory*

Cubism 立體派

立體派 (Cubism [ˈkjubɪzəm]) 是受到非洲雕刻啟發，以**幾何形式** (geometric forms) 來呈現事物的樣貌，盛行於二十世紀初。藝術家以多種不同的**視角** (viewpoint) 觀察後，將描繪主題**分解** (break up)、**分析** (analyze) 及**重組** (reassemble) 為一個抽象的形式。而背景與畫面的穿插，讓立體主義的作品呈現出一種立體視覺特色。法國的喬治布拉克 (Georges Braque) 和西班牙的畢卡索 (Pablo Picasso) 即為此派著名畫家。

Georges Braque, *Violin and Candlestick*

Pablo Picasso, *three musicians*

Impressionism 印象派

Claude Monet, *Impression, Sunrise*

Pierre-Auguste Renoir, *Le Moulin de la Galette*

簡而言之就是描繪光影瞬間在腦海留下印象的畫作。名稱源自畫家莫內 (Claude Monet) 的作品《印象，日出》 (*Impression, Sunrise*)，特色為將在腦海留下的畫面以**顯見** (visible) 的**筆觸** (brush strokes) 及細膩的光影重現。代表畫家有莫內、愛德華馬內 (Édouard Manet) 和雷諾瓦 (Pierre-Auguste Renoir) 等。

Post-Impressionism 後印象派

十九世紀末開始出現一群反對印象派的藝術家，這些藝術家們不滿足僅追求光影色彩，強調作品應該要抒發藝術家的自我感受和**主觀的** (subjective) 感情，更加強調用作者的主觀感情去改造**客觀** (objective) 物象，在尊重印象派光色成就外，更重視表現物質的**穩定性** (stability) 和內在結構。代表畫家為高更 (Paul Gauguin)、梵谷 (Vincent Van Gogh) 等人。

Vincent Van Gogh, *The Starry Night*

Paul Gauguin, *Two Tahitian Women*

Fauvism 野獸派

Matisse, *Pink Nude*

Matisse, *Maugin and Marquet*

二十世紀在印象派後崛起的畫派，一九〇五年法國的秋季**沙龍** (salon)，有五位新派畫家作品和傳統的雕刻品一起展出，在這樣強烈的**對比** (contrast) 下，批評家稱這些雕像為「被野獸包圍的多那太羅 (Donatello)」，因而得名。其特色為用色活潑鮮豔，加強陰影面與物體面的強烈對比，脫離自然的模仿。慣用紅、青、綠、黃等醒目的**飽和** (saturated) 色彩作畫，以單純的線條和色塊表達自己強烈的感受。最著名的代表畫家為馬蒂斯 (Matisse)。儘管野獸派的壽命相當短，對後來的現代藝術影響仍十分深遠。

Pop Art 普普藝術

Andy Warhol, *Turquoise Marilyn*

Pop 為 popular 的簡寫，又稱波普藝術，興起於一九五〇年代的英國及美國，基本上就是以通俗的大眾文化為主軸，並常以日常生活中所見的實際物件為題材，風格大膽前衛，常帶有**諷刺** (irony) 意味。代表性的藝術家為安迪沃侯 (Andy Warhol)。

Architectural Styles 建築風格

單字朗讀 MP3 15

Ancient Greek 古希臘建築

希臘文化總是帶有宗教的神秘色彩，所以建造了大量的神廟用以取悅神祇。其中最具特色之處在於他們的**幾何形 (geometric)** 風格以及**圓柱 (column)** 的柱頭（柱子和屋頂連接處），線條從簡單到複雜分為**多利克柱式 (Doric order)**、**愛奧尼克柱式 (Ionic order)** 與**科林斯柱式 (Corinthian order)**。西元前四百四十七至四百三十二年的雅典**帕德嫩神廟 (Parthenon)** 就是標準的古希臘建築。

| Ionic | Doric | Corinthian |

Greek Revival 希臘復興

這種建築風格盛行於十八世紀末到十九世紀初的歐洲及美國。當時各國紛紛採用古希臘神廟的建築元素，興建具有多利克和愛奧尼克柱式的建築，並依各國民族精神或實用目的加入不同的變化。

Ancient Roman 古羅馬建築

古羅馬的建築藝術承襲自古希臘建築，不過古羅馬建築的技術更為先進，其中最為關鍵的就是使用**混凝土 (concrete)**，還有**圓頂 (dome)** 和**拱形 (arch)** 等特色，由於當地經常有地震，所以築牆也築得特別厚實。除了沿用希臘的三種柱頭，後來又出現**托司卡柱式 (Tuscan order)** 和**混合柱式 (Composite order)**，顯得更為多元。代表性的建築有**圓型競技場 (Colosseum)**、**萬神殿 (Pantheon)** 等。

Romanesque architecture
羅曼式建築

又叫羅馬式建築，是在歌德式建築出現前的過渡型式，結合了羅馬與**拜占庭 (Byzantine)** 建築的特色。特徵為厚牆、圓拱和高塔，這種建築型態在中世紀傳遍整個歐洲，通常用在教堂或城堡，法國的聖艾蒂安修道院 (Abbey of Saint-Etienne) 和義大利的比薩教堂 (Pisa Cathedral) 都屬之。這種建築型態被帶到英國後，成了為人熟知的**諾曼式 (Norman)** 建築，**達拉謨教堂 (Durham)** 就是一例。

Gothic architecture 哥德式建築

哥德式建築發源於十二世紀的法國，一直延續到十六世紀，哥德式建築最常見於歐洲的**主教座堂 (cathedral)** 與**大修道院 (monastery)**。其特色在於**尖拱 (pointed arch)**、**拱肋 (rib vault)** 和**飛扶壁 (flying buttress)**，並用**彩色玻璃 (stained glass)** 作為窗扇更是歌德式教堂的另一大特色，自然光線透過彩色玻璃照入殿堂內，營造出一種神秘華麗的氣氛，與戶外的光亮形成明暗的強烈對比。這種風格的建築比較著「往上發展」，因為當時的人認為建築物蓋得越高，就越接近上帝。提到哥德式的教堂就不得不說法國的**巴黎聖母院 (Notre-Dame)**、**夏特教堂 (Chartres Cathedral)** 和**雷姆斯教堂 (Reims Cathedral)**，它們都是代表性的建築。

Notre-Dame

Chartres Cathedral

Renaissance architecture 文藝復興建築

文藝復興建築十四世紀時，義大利隨著文藝復興這個文化運動而誕生的建築風格，鄙棄歌德式那種又尖又高的建築，強調對「人」的肯定，強調建築的**比例 (proportion)** 就像人的比例一樣，反映出宇宙的和諧。建築師希望回到古羅馬、希臘那種建築風格，所以一般而言，文藝復興建築是的**對稱性 (symmetry)** 和比例，以及從古典建築中繼承下來的柱式系統。

St. Peter's Basilica, © cesc-assawin / shutterstock.com

在文藝復興前，打造建物的人都只是**工匠 (craftsman)** 這樣的角色，直到文藝復興，才真正出現了**建築家 (architect)** 這個工作，以前重要的建築家非米開朗基羅 (Michelangelo) 莫屬了，他參與建造了**聖彼得大教堂**（**St. Peter's Basilica**，為梵蒂岡最著名的建築物），但因為這座教堂花了很長一段時間興建，設計也經過多人之手，不過可以確定的是，教堂上方的圓穹頂是米開朗基羅設計的。而文藝復興後期開始著重**壁畫 (mural)** 手法的展現，米開朗基羅於一五〇八年開始創作**西斯廷禮拜堂 (Sistine Chapel)** 的天花板，花費長達四年的時間才完成，他借用聖經《創世紀》裡的故事作為壁畫題材，在西斯廷禮拜堂的天頂畫上連續九幅聖經開頭的故事，其中以《創造亞當》最負盛名，這樣的風格也為巴洛克時期起了個頭。

Sistine Chapel

Baroque 巴洛克式建築

文藝復興之後，十七世紀的義大利開始出現巴洛克式裝式風格的建築，其特點在於有豐富的情緒、**華麗** (ornate) 的裝飾和雕刻，以及強烈的色彩，追求自由奔放，室內色彩以紅、黃為主，大量飾以**金箔** (gold leaf)、寶石和**青銅** (bronze) 材料，極盡奢華和繁瑣。巴黎**凡爾賽宮** (Versailles) 即為當中代表性的建築之一。

Versailles,© Jose Ignacio Soto / Shutterstock.com

晚期巴洛克在巴黎更發展出**洛可可風** (Rococo)，這種裝潢風格，更強調**不對稱** (asymmetry) 的美感。通常以白色為基底，利用類似花朵、葉子或貝殼等元素作**設計圖案** (motif)，也喜歡利用鏡子、燭台和**水晶燈** (chandelier) 來美化空間，還喜歡採用東方元素，例如中國的**瓷器** (china)、日本**漆器** (lacquerware) 等。

Victorian 維多利亞建築

指十九世紀英國維多利亞女王在位期間形成的藝術風格。經歷**工業革命** (Industrial Revolution) 之後，人們反而厭倦了冷冰冰的機械式建築，開始反回去採用一些古典風格，例如歌德式和文藝復興式的裝飾元素，偶爾也透過局部的裝飾（如柱頭、雕刻）來表現其典雅、富麗堂皇的形式，蕾絲窗紗、彩花**壁紙** (wallpaper)、精緻瓷器和細膩油畫，這都是體現維多利亞風格的重點要素。又稱為**新古典主義** (Neoclassicism)。代表性的建築有倫敦的自然歷史博物館 (Natural History Museum) 和議會院 (Houses of Parliament)。

現代建築

強調**簡約** (simplification)、除去不必要的細節，二戰後成為各種機構和公司的建築特色，居於領導的地位。又稱為**功能主義** (Functionalism) 或**理性主義** (Rationalism)。美國的法蘭克洛伊萊特 (Frank Lloyd Wright) 和法國的勒柯布西耶 (Le Corbusier) 都是知名的現代建築家。這樣的建築主要以玻璃、**鋼鐵** (steel)、水泥為建材，現代**摩天大樓** (skyscraper) 都屬此類，在紐約曼哈頓可以看到很多。

Art Deco 裝飾藝術

裝飾藝術源於一九二〇年代，因受新**構成主義** (Constructivism)、**現代主義** (Modernism) 與**未來主義** (Futurism) 等的影響而擁有多元面貌，被視為一種**優雅** (elegant)、具有相當魅力及現代感的藝術風格，放射狀的太陽光、流線型線條、對稱的幾何圖形等都是特徵，影響範圍遍及建築、工業設計和視覺藝術。容易與其混淆的**裝置藝術** (installation art) 則是一種興起於七〇年代的西方當代藝術表現手法，藝術家用各種材料或媒體（如錄影、聲音、電腦或網路）等在特定的立體環境中創作出作品，用來表現內心的精神意蘊及藝術理念。

Singing 歌唱

歌唱是人類透過發聲器官所發出最純然、最美妙的音樂語言，早期音樂發展的中心地為義大利，所以許多與音樂相關的字詞幾乎都是義大利文。

單字朗讀 MP3 10

choir 合唱團，唱詩班

choir [kwaɪr] 通常指的是學校的合唱團或是教堂的唱詩班，glee club [gli klʌb] 也有合唱團的意思，指的是高中或是大學裡頭的合唱社團，現今當紅的電視影集《歡樂合唱團》(Glee)，名稱就是從 glee club 來的。不過，原本的 glee club 是指以男聲為主的歌詠團，唱的都是短篇歌曲。

大部分的合唱團為了四重**和聲** (harmony) 都會分成四個聲部，但在聲部的分隔上其實並沒有嚴格的限定。為了各聲部的和諧，合唱團通常會有一位**總指揮** (conductor) 或**合唱團指揮** (choirmaster) 來領導。合唱團表演時並非都需要**樂器伴奏** (instrumental accompaniment)，沒有樂器伴奏，以人聲作為樂器的，則稱之為「**人聲演奏**」(a cappella)。

其他各種歌唱樂團的名稱：

- chorus [ˈkorəs]（音樂劇中的）歌舞隊源自於古希臘劇，歌舞隊員在表演中會對劇情加以評論，並朗誦**開場白** (prologue) 和**收場白** (epilogue)。
- chorale [koˈrɑl] 唱詩班
  專為教堂吟唱**讚美詩** (hymn) 的合唱團。
- ensemble [ɑnˈsɑmbəl]（合唱或合奏）團；劇團
  是指一群音樂家、舞者或演員組成的表演團體。也可指芭蕾舞團的群舞演員 (corps de ballet)。

一般人的觀念可能會覺得男生和女生各聲部的分法都一樣是「高音」、「中音」、「低音」，前面再加上男或女就好了，所以英文說法應該也差不多是這樣吧？ EZ TALK 告訴你一個音樂小常識，其實歌手的聲音是以能達到的音域來做區分，而不是性別，因為這樣比較精確，男生的高音在音域上高不過女高音，而女低音在音域上也不可能比男低音還低。

各聲部從高到低分別為：

- soprano 女高音
- mezzo-soprano [ˈmɛtso səˈprano] 女中音
- alto 女低音
- tenor 男高音
- baritone [ˈbærəˌton] 男中音
- bass 男低音

Classical Music 古典音樂

人家說聽莫札特的音樂可以變聰明,那你知道莫札特是哪個時期的代表嗎?古典音樂是西方國家從古至今的整個音樂演進過程,因每段時期不同的文化背景而各具特色,隨著時代的不同,樂器的使用以及搭配也使音樂的呈現有很大的改變,現在讓我們來看一看,這些時期的音樂究竟有哪些不同。單字朗讀 MP3 17

曲式簡介

■ prelude 前奏曲

prelude [ˋprɛlud] 沒有固定曲式,是一種短樂曲。通常用在曲子開始前當作引子,先隱約披露主旋律或動機,功用等同書的前言。但到了浪漫主義時期,蕭邦的二十四首鋼琴前奏曲就沒有遵照這個模式,而是具有浪漫與幻想風格的獨立作品。

■ concerto 協奏曲

concerto [kənˋtʃɝto] 是指一件或數件獨奏樂器(如鋼琴、小提琴等)和樂團協同演奏,既有對比又相互交融的作品。通常由三個樂章組成,第一章為奏鳴曲式,一般為快板且富戲劇性,先是樂團演奏,再由獨奏樂器與樂團合奏。第二樂章通常為柔板、慢板或行板的三部曲式,而迴旋曲式的第三樂章則為急板,常具有節慶的氣氛。協奏曲結合了獨奏的樂器技巧和樂團的交響性,可以同時滿足聽眾兩種不同的需求。

■ étude 練習曲

étude 在法文中是「學習」的意思,通常是用來訓練某種樂器特定技巧的音樂作品。在十九世紀早期鋼琴開始普及時,練習曲也陸續出現。練習曲是利用反覆單純的技巧彈奏做為練習,以打下演奏基礎,但是也有難度較高的練習曲,當作演奏會曲目也完全不遜色,蕭邦的練習曲便屬於此類。

■ Medieval 中世紀 (500-1450)

中世紀大約是指起於羅馬帝國 (Roman Empire) 瓦解後至十五世紀早期的那個時代。當時宗教主導了一切，因此當時以天主教的教堂音樂為主體，皆是為搭配**禮儀** (ritual)、禮拜所做的音樂和頌歌，像是葛麗果聖歌 (Gregorian chant)。同時，發展出記譜法 (musical notation)，給予歌手提示的作用和成為**五線譜** (staff，複數為 staves) 的基礎雛形。

■ Renaissance 文藝復興 (1450-1600)

renaissance [ˈrɛnəˌsɑns] 是從法文發展過來的，同等於英文的 rebirth（有「**復活，再生**」之意）。顧名思義，在**人文主義** (humanism) 盛行的當時，除了宗教音樂也開始發展世俗 (secular) 音樂，並開始加上一些**現代樂器** (musical instrument) 如吉他和小提琴，而且從原本只有**旋律** (melody) 的**單音** (monophonic) 轉為和聲加旋律的**多音** (polyphonic)，並傳遍整個歐洲，如法國**香頌** (chanson) 和義大利**情歌** (madrigal)。

■ Baroque 巴洛克 (1600-1750)

巴洛克時期是追求華麗的奢華風格，當時是**貴族** (aristocrat [əˈrɪstəˌkræt]) 掌權的時代，不論是藝術建築還是音樂領域，排場都顯得非常重要，因此這時期的音樂作品有著**精緻** (elaborate) 的旋律和許多裝飾性的節奏，並磨練出更多不同的音樂**技巧** (technique)，同時發展出具戲劇感的歌劇、神劇以及注重**對位法** (counterpoint) 的協奏曲，還有**奏鳴曲** (sonata) 等新的音樂形式，代表**作曲家** (composer) 有韋瓦第 (Vivaldi)、巴哈 (Bach) 和韓德爾 (Handel)。

■ Classical 古典 (1750-1830)

古典時期的奏鳴曲比巴洛克時期更為成熟，也因奏鳴曲的確立，成為多樂章曲式的藍圖，如多樂章奏鳴曲、獨奏協奏曲和**交響曲** (symphony) 等各種曲式。這個時期的樂器開始改良，除了鋼琴的出現之外，也使得在音量上面可以有更多的變化，像是漸強和漸弱的效果。最重要的作曲家有海頓 (Haydn)、貝多芬 (Beethoven) 和莫札特 (Mozart)。

■ Romantic 浪漫 (1830-1900)

受到**浪漫主義** (Romanticism) 的啟發，浪漫時期的音樂力求擺脫古典束縛，並強調情緒重於理性，因此每個音樂作品都頗具個人風格，沒有固定的模式，節奏多樣且複雜，能給聽眾更**多元** (diverse) 的聽覺效果，並發展出更多的曲式結構如**夜曲** (nocturne)、**幻想曲** (fantasia) 和前奏曲等等。代表音樂家有舒伯特 (Schubert)、李斯特 (Liszt)、柴可夫斯基 (Tchaikovsky) 和蕭邦 (Chopin) 等等，貝多芬雖然是古典時期的經典代表，但也常被認為是浪漫時期的先驅。

■ Modern 現代 (1900- 現在)

在現代古典的這個時期裡，音樂家被**印象主義** (Impressionism)、現代主義和未來主義所影響，對於傳統古典音樂有全然不同的詮釋，強調獨特、創新的個人風格，創作理念五花八門，可以說是找不出任何共同性的時期。代表作曲家有史特拉汶斯基 (Stravinsky)、德布西 (Debussy)、普羅高菲夫 (Prokofiev) 和史特勞斯 (Strauss) 等等。

自助旅行

Independent Travel

對於旅遊**預算** (budget) 有限的人來說，與其花大錢在**住宿** (accommodation [ə‚kɑmə`deʃən]) 或團體**旅遊** (group tour) 的費用上，倒不如當個背包客自己研究行程，到處趴趴走。不過行前功課可要做足，不然到了當地會手忙腳亂喔。

單字朗讀 MP3 18

Budget Accommodations
平價住宿方式

couchsurfing 沙發客

簡單來說就是到**當地居民 (locals)** 的家中住宿,除了省下住宿費外,也不失為認識各地生活文化的好方法。沙發客和**主人 (host)** 常會在網站上彼此交流和自我介紹。

B&B 民宿

就是 bed & breakfast 的簡稱,提供住宿和早餐,有點像台灣的民宿,不過這些住宿通常是專門給房客住的,民宿主人不一定會跟你住在一起。

hostel 旅舍

hostel 也可叫 **youth hostel**,因為一開始是為了鼓勵年輕人多多出外旅遊而創辦,雖然名為「青年」旅舍,不過基本上各個年齡層的人都可以入住。收費是以「人」而非作「房間」為單位,專門讓背包客以人數來分攤房價。裡面的床位大多是**雙層床 (bunk bed)**,除了便宜外,也是與各國人士交流的好機會。Hostelling International 則是總部位於英國的全球性連鎖住宿。

International Driving Permit (IDP)
國際駕照

若你打算到當地租車駕駛,必須事先申請國際駕照。不過有些國家不**承認 (recognize)** 我國國際駕照,必須用我國國內駕照換發當地駕照,但大多手續複雜。而國內駕照若被**吊銷 (suspend)**,則國際駕照的效力也同時取消。

中華民國
REPUBLIC OF CHINA
國際汽車交通
INTERNATIONAL MOTOR TRAFFIC

國際駕駛執照
International Driving Permit

國際字第 88888888 號
International Driving Permit No.
1968 年 11 月 8 日道路交通公約
Convention on International Road Traffic of 8 November 1968

有效日期 MAR 20 2006 ~ MAR 19 2009
Valid until MAR 20 2006
發照日期
Date of Issue

國內駕照字號 P20092009 普小
No. of Domestic 原照發羅
Driving Permit

交通部
MINISTRY OF TRANSPORTATION AND COMMUNICATIONS

(Surname)
(Other names)
(Place of Birth)
(Date of Birth)
(Permanant Place of Residence)

A
B
C
D
E

PHOTO
OF
BEARER

(Signature of Bearer)

核署駕駛各區　　持照人簽字

一、　　　　　　　五、
二、　　　　　　　六、
三、　　　　　　　七、
四、　　　　　　　八、

auto club
汽車駕駛互助團體

auto club 是汽車駕駛付費加入的互助團體 (auto 是 **automobile** 的簡寫，表「**汽車**」)，而全美最大的 auto club 就屬 AAA 了。AAA 全名為「美國汽車協會」(American Automobile Association)，也有人稱之為 triple-A。AAA 的歷史已經超過一百年，主要業務是 **道路救援** (roadside assistance)，如 **爆胎** (flat tire)、**更換電池** (battery replacement) 及 **接電** (jump start)、加油和拖車 (towing) 等問題。發展至今，舉凡跟汽車有關的業務，AAA 幾乎皆有提供，例如為會員提供 **購車貸款** (auto loan)、**保險** (insurance)、**租車** (car rental) 等方面的優惠。還會定期出版地圖及旅遊手冊，幾乎車一開出門所有可能會發生的事，AAA 都有求必應。

filling up
加油

汽車加的**汽油**是 gasoline，簡稱 gas，所換的**機油**就是 oil，**汽車加油**的英文是 get gas 或 fill up，而**換機油**則是 change the oil。

美國加油站多半是**自助式加油站** (self-service gas station)，同一時段通常只會有一到兩個員工上班，因此他們只會待在加油站裡面不隨便出來，有時甚至會在窗口架設鐵窗，透過窗口來與客人溝通、交易，和台灣很不一樣。

加油站的汽油有分**無鉛汽油** (unleaded gasoline)、**含鉛汽油** (leaded gasoline)，以及**柴油** (diesel)。一般去美國遊玩租車，如果不確定要加什麼油，可以先問租車公司，如果沒有特別要求，就加最便宜的**普通汽油** (regular) 就行了。**中級汽油**叫 plus，**高級汽油**則是 premium 或 supreme。

hitch a ride
搭便車

在外國電影中，常看到有人在路上比著大拇指或拿著寫了目的地的牌子，向路過駕駛示意要搭便車，英文就叫做 hitch a ride。hitch 的原義為「鉤，拉」，ride 則是「載人一程」，也可以說成 hitch a lift 或 hitchhike，而**想搭便車的人**就是 hitchhiker。

A: How did you make it back after your car broke down?
　車拋錨了，你是怎麼回來的？
B: I hitched a ride into town.
　我搭便車進城。

Pets 寵物

在現代社會中，傳宗接代似乎已經不是第一要務，許多人寧可養隻寵物貓狗來陪伴自己。對於多數人而言，這些毛小孩貼心又可愛，實在是很難抵抗牠們毛茸茸的魅力啊！

貓咪、狗狗，表達方式大不同

貓和狗雖然不會說話，但會透過肢體動作和叫聲來向主人表達情緒，牠們在先天特質上大不相同，表現方式當然也不太一樣囉！

	Cat 貓咪	Dog 狗狗
angry 生氣	耳朵朝外向後，朝頭部**平展**(flatten)，不停地**甩動**(lash)尾巴，喉嚨發出**嘶嘶聲**(hiss)。	尾巴豎起、露出牙齒發出威脅性的**嘶吼聲**(growl)。
happy 開心	閉上眼睛，發出滿足的**呼嚕聲**(purr)。	雀躍地**輕搖**(wag)尾巴。
affectionate 撒嬌	用臉頰或身體**磨蹭**(rub)主人，尾巴向上伸直。	**舔舔**(lick)主人的臉或嘴巴。
scared 害怕	擺出較低姿勢，或是跑走躲起來；極度驚慌時會**豎起毛**(puff up)，準備隨時反擊。	眼神閃爍不安，耳朵下垂、夾著尾巴，**發出嗚嗚的聲音**(whine)。
relaxed 放鬆	翻肚子朝上，代表信任對方，但並不一定允許你摸牠的肚子喔。	翻開肚子朝上想要人搔癢，代表環境和人讓牠安心。

常見的家貓品種

貓咪依品種來分可以分為**純種**(purebred)和**混種**(mixed breed)。純種貓因為大多是**近親繁殖**(inbreeding)，所以比較容易有天生缺陷和身體疾病；混種貓的健康狀況比較好，適應力較佳。目前全世界約有五十三種主要的貓咪品種，大多根據體態特徵或地域區分，以國家或地名來命名的像是波斯貓(Persian)、土耳其安哥拉貓(Turkish Angora)和緬甸貓(Burmese)等，也有些名稱兼具地域和特徵兼具的命名，如得文捲毛貓(Devon Rex)和美國短毛貓(American Bobtail)。

British Shorthair 英國短毛貓
由羅馬人帶入英國後經過改良血統，變成英國土產的短毛種。特點是頭大臉圓，個性溫柔平靜，極易飼養。

American Bobtail 美國短毛貓
據說是當年搭乘五月花號(Mayflower)至北美除鼠的貓種，頭部呈方圓形，額頭的 M 形紋及三條背紋為其招牌特色。

Siamese 暹邏貓
產地是原名為暹邏的泰國，以往是皇室貴族才能飼養的貓，一般平民無法擁有。受體內**基因**(gene)影響，臉部四肢和尾巴顏色較深，一般稱作「重點色」。

Turkish Angora 土耳其安哥拉貓
體線優美，四肢修長，原產於安哥拉，土耳其蘇丹王曾將此種貓獻給歐洲的貴族當禮物。

Scottish Fold 蘇格蘭摺耳貓
最初在蘇格蘭發現，牠因為**基因突變**(genetic mutation)，在耳朵**軟骨**(cartilage)有個摺。因為容易生病，許多動物保護組織都呼籲不要買來飼養。

Persian 波斯貓
起源於波斯，是最古老的貓種之一，體型渾圓、五官扁平。波斯貓在英國被稱為「**長毛貓**」(Longhair)，高貴的特質為人所喜愛，在中古肖像畫作中常看到牠與貴婦相伴的身影。

American Curl 美國捲耳貓
同樣因為基因突變而產生捲耳的特徵。被毛細膩、個性溫和，適合當作居家寵物，但清潔時要小心別弄傷牠外翻的耳朵。

Chinchilla 金吉拉
牠是近年來廣受歡迎的貓種之一，由波斯貓配育而成的，有著精緻的五官和長被毛，四肢較短、個性活潑，有著綠寶石般的雙眼是最大特色。

常見的寵物狗

狗狗依照體型區分可以分為小型犬、中型犬和大型犬，牠們擁有理解不同**身體語言**(body language)和聲音的能力，有些甚至可以經由訓練成為**工作犬**(working dog)，例如在寒帶氣候下負責拉雪橇的**雪橇犬**(sled dog)、幫助緝毒的**警犬**(police dog)等。

Pomeranian 博美犬
為一種小型犬，是在極地幫忙拉雪橇之大型狐狸犬的後裔，個性有點神經質。

Shiba Inu 柴犬
一種古老的日本犬種，也是狐狸犬的一支，「柴」是指小型的**灌木叢**(shrub)。由於柴犬能巧妙地穿過灌木幫助打獵，而且毛色與枯萎的柴相似，故有此名。個性忠誠沈穩，適合當看家犬。

Poodle 貴賓犬
名稱來自德文 pudel，表「濺水」之意，原被當作水獵犬，後來則分為玩具犬、迷你犬及標準犬三種體型，是犬類中智商排名第二的品種。

Golden retriever 黃金獵犬
原作為獵捕野禽的**尋回獵犬**(retriever)，毛髮長而飄逸，非常聰穎，忠心且溫和。

Welsh corgi 柯基犬
全名為威爾斯柯基犬，在**威爾斯語**(Welsh)中柯基帶有「嬌小、矮犬」之意。牠是一種小型的**牧羊犬**(herding dog)，四肢短而有力，圓圓的臀部是最大特色。因伊麗莎白女王飼養很多柯基犬而造成風潮。

Chihuahua 吉娃娃
以墨西哥的奇瓦瓦州命名，是世界上最小型的犬種，長毛的和短毛的都有。

Labrador retriever 拉不拉多
與黃金獵犬有血緣關係，常簡稱為 Lab，但成犬的外型與性情就有較大的差異，相較下，黃金獵犬較穩重，拉不拉多較為好動。兩者都能訓練成**導盲犬**(guide dog)和**搜救犬**(sniffer dog)。

Dachshund 達克斯獵狗
名稱源自德文，英文讀作 [ˋdɑksənt]。dachs 原指「獾」，而 hund 則是「狗」，以前作為挖掘**獾類動物**(badger)巢穴之用，現在被暱稱為「臘腸狗」。

貓咪與狗狗的玩具和用品

catnip 貓草
也被稱為 catmint（**貓薄荷**），它是一種葉子類似薄荷的植物，貓咪對它的氣味非常著迷，通常會將它曬乾搗碎放入填充玩具讓貓咪啃咬磨蹭，這時貓咪反應會十分興奮。

cat teaser 逗貓棒
又稱為 cat tickler。貓咪狩獵的天性讓牠對於移動的物體特別感興趣，逗貓棒可以讓貓咪發洩精力和主人互動遊戲。市面上販售多款逗貓棒，有的會在一端綁上羽毛或玩具老鼠讓貓追逐捕捉。

cat litter 貓砂
又叫 kitty litter 貓砂是飼主用來掩蓋貓咪排泄物的砂狀物，它有良好的吸水性。貓咪經由訓練後可自行到**貓砂盆**(litter box)上排泄、用貓砂覆蓋，之後飼主會用貓砂鏟剷出清理，市面上常見的貓砂有土砂、紙砂、木砂等。

hairball remedy 化毛膏
貓咪常因舔舐清潔身體而吃下毛髮，在胃部累積到一定的量時，就會吐出，為了幫助貓咪消化毛球，飼主會餵食化毛膏。

chew toy 磨牙玩具
狗需要磨牙玩具來排解無聊或平復焦躁情緒，主人也可以拋丟磨牙玩具和狗互動。磨牙玩具有很多種類，如橡膠軟球、填充玩具等。

圖權：Steve Carroll/shutterstock.com

collar 項圈
戴上項圈的寵物通常代表有人飼養，有的主人還會特別將寵物的名字刻在項圈上。

leash 牽繩
外出遛寵物時，需要牽繩來控制牠們行動，以防走失或發生危險。

單字朗讀 MP3 20

Let's party!

來狂歡吧!

派對邀請函常見用語

- **BYOB** 自備酒
  BYOB就是 **bring your own bottle** 的縮寫,表示主人沒有備酒,參加者要自備酒參加。

- **dress code** 服裝規定
  派對邀請函有時會註明派對類型,如果是正式的派對就會要求客人 **dress up**(**盛裝打扮**),一般輕便的派對則會註明 **dress down**(**輕便衣著**)。

- **RSVP** 敬請回覆
  RSVP 源自於法文 répondez s'il vous plaît,英文是 please reply「敬請回覆」的意思。在收到邀請函的時候,如果主辦人有在邀請函上寫 RSVP,就表示主辦人希望收到回覆,以便統計人數和準備東西。RSVP 當名詞時表示一個「回覆」,當動詞時則表「回覆」的動作。

  例 Did you send an RSVP to the Martins yet?
  你有寄回覆給馬丁家了嗎?

  例 Don't forget to RSVP by Friday.
  別忘了在星期五之前回覆。

派對交際特殊表達

- **fashionably late** 別有用心故意遲到
  有些人會在出席派對時故意遲到大約五到十分鐘,甚至有人遲到超過一個小時,想讓人感覺行程很多、很有行情的樣子。

  A: How come nobody's here yet?
  為什麼都沒有人來?

  B: Everybody wants to be fashionably late.
  大家都想要故意遲到耍大牌。

- **crash a party** 不請自來
  是指有人沒有收到邀請卻不請自來。

  A: We didn't invite Paul, did we?
  我們沒邀請保羅,對吧?

  B: No. Looks like he's crashing our party.
  對呀,看來是他自己跑來的。

- **bail** 閃人、離開
  如果身在派對中但覺得無聊或有其他安排要先離開,就可以用這個字。

  A: This party is really lame.
  這派對好無聊。

  B: Yeah. Let's bail.
  對呀,我們閃人吧。

各式常見派對

- **birthday party** 生日派對：也可稱做 birthday bash
- **surprise party** 驚喜派對
- **cocktail party** 雞尾酒派對
- **barbeque** 烤肉派對
- **house party** 轟趴
- **Christmas party** 耶誕派對
- **pool party** 泳池派對
- **reception** 接待會
- **office party** 辦公室派對
- **banquet** 宴會
- **get-together** 聚會

  任何的社交聚會都可以稱做 get-together，如 family get-together（家庭聚會）。美國家庭派對上常會玩一些有趣的遊戲，像是 **真心話大冒險(truth or dare)**、**疊疊樂(Jenga)**或是**你畫我猜(Pictionary)**，「你畫我猜」就是依題目上的說明畫圖，讓同組的人猜答案，還有**比手畫腳(charades)**…等等。

- **going-away party** 離別派對

  going-away party 和 farewell party（**歡送派對**）很像，都是在有人要離開時所舉辦的，目的是為即將離開的人餞行、送行，表示祝福和惜別，為將退休同事舉行的**退休派對(retirement party)**也是屬於離別派對的一種。

- **housewarming** 喬遷派對

  喬遷派對是指在搬進新居半年內所舉辦派對，我們通常會稱做 housewarming party。主人翁會邀請他的朋友和新鄰居們一同慶祝，朋友們也都會準備一些生活用品以表祝賀的心意，像是盆栽、**廚房用具(kitchenware)**還是**相框(picture frame)**，都是很好的禮物選項。

- **potluck** 百樂餐派對

  舉辦派對或聚餐時，請參加者自行攜帶一道菜餚與大家分享的這種方式就叫做 potluck [ˋpɑtˏlʌk]，你也可以根據舉辦的時間稱做 potluck lunch 或 luck dinner。這樣不僅能減輕了主辦人的負擔，也有機會可以嚐到各家不同的口味。常見的有**燉鍋(slow cooker/crockpot)**食品、**雜菜鍋(casserole [ˋkæsəˏrol])**、甜點及**果凍沙拉(Jell-O salad)**、**義大利千層麵(lasagna [ləˋzɑnjə])**、**通心粉(macaroni [ˏmækəˋroni])**…等。

- **dance** 舞會

  dance 泛指所有有跳舞的社交舞會，大部分在晚上舉辦，通常屬於較為**隨性(casual)**或是較不正式的舞會，也可能是某些機構的活動，像是學校舞會或是**慈善(charity)**舞會，有些也會以某種特定舞蹈而舉辦舞會。

- **ball** 交際舞會

  ball 也是舞會，只是是指需穿著**正式(formal)**或**半正式(semi-formal)**的交際舞會，這個字是從拉丁文的「ballare」發展過來的，意思就是「跳舞」。

美酒
Alcoholic Beverages

只要不要養成酗酒的習慣，
和三五好友小酌幾杯可是人生一大快事呢！ 單字朗讀 MP3 21

酒的種類

酒是各種含有酒精性飲料的通稱，是由水果或穀類**發酵** (ferment) 或**蒸餾** (distill) 製成，大致可分為：

 beer 啤酒

裡面的主要成分有水、**麥芽** (malt)、**啤酒花** (hops) 和**酵母** (yeast)。啤酒花是一種特別的植物，外觀像是綠色的松果，也是啤酒苦味和香氣的來源。**酒精濃度**(alcohol concentration/alcohol content) 約為 3% 至 14%

 wine 葡萄酒

用葡萄發酵的酒，依照釀製出的顏色，還可再往下細分為**紅酒** (red wine)、**白酒** (white wine) 和**粉紅酒** (rosé)。而用其他種類的**水果酒** (fruit wine) 還有**梅酒** (plum wine)、**櫻桃酒** (cherry wine) 等。大部分的酒精濃度在 10% 至 15% 之間。

 liquor 烈酒

也稱作 spirits，先將穀物、蔬果等發酵，然後再進行蒸餾。酒精濃度較高，一般在 40% 以上。如**威士忌** (whisky)、**萊姆酒** (rum)、**琴酒** (gin)、**龍舌蘭** (tequila)、**白蘭地** (brandy)。烈酒中帶有甜味的稱為**利口酒** (liqueur)。

 cocktail 調酒，也就是雞尾酒

為多種酒類混合汽水、果汁等調味料所製成的飲品，種類繁多，比較常聽到的有**血腥瑪麗** (Bloody Mary)、**柯夢波丹** (Cosmopolitan) 等。

Beer 啤酒

lager 拉格啤酒

低溫發酵的啤酒，lager 這個字源於德語，表「儲藏」的意思。酒精濃度較低、有更重的麥芽味，也有更多的氣泡。大家熟知的**百威啤酒** (Budweiser) 就是屬於這種酒。

Pilsener 皮爾森啤酒

皮爾森啤酒得名於它釀造的城市 Pilsen，是拉格啤酒的一種，顏色呈淡金黃色，啤酒花的氣味很強烈，需要在攝氏十度以下的低溫才能釀造出來，最初釀造出這種啤酒的公司 Pilsner Urquell 現今還存在。

stout 黑啤酒

stout [staut] 是指用烘烤過的麥芽或**大麥** (barley) 釀造的黑啤酒，有點類似波特啤酒，但試酒精濃度略高，大約為 7 至 8%，通常顏色較深。當中最有名的黑啤酒就是 Guiness。

pale ale
愛爾淡啤酒

特色在於使用烘培過的**淡色麥芽** (pale malt)，使用溫發酵方式，啤酒花的味道很重。而**苦啤酒** (bitter) 則是 pale ale 中最苦的一種啤酒。

porter 波特啤酒

源於英國的深色啤酒，用重烘培的黑麥做成，帶有些許甜味，因碼頭搬運工 (porter) 特別喜愛而得名。

craft beer 精釀啤酒

craft beer 是指沒有添加米或玉米釀製的啤酒，適合小量製造，因此一般是由酒吧或小型釀酒廠生產。craft beer 的風味特殊，與大量生產的啤酒不同，基本上不會添加任何**化學物質** (chemical) 和**防腐劑** (preservative)，可以做成各種不同的口味，目前在美國很受歡迎。

開 車 不 喝 酒

wine 葡萄酒

常見的白葡萄酒品種

Chardonnay 夏多內
有水蜜桃、鳳梨、青蘋果等香氣，相當爽口。

Sauvignon Blanc 白蘇維翁
有青草和果仁的香氣。

Riesling 瑞斯琳
有濃郁的蜂蜜味。

Muscat 慕司卡
帶有水梨果香，非常適合於餐前飲用。

Pinot Blanc 白皮諾
口感稍嫌乾澀，具豐富果香。

常見的紅葡萄酒品種

Cabernet Sauvignon 卡貝納蘇維翁
辛香味濃，需要較久的陳年時間。

Pinot Noir 黑皮諾
口感柔順，有多種芳香，也很適合釀造香檳。

Shiraz/Syrah 希哈
酒質較厚，帶有濃郁香料味。

Merlot 梅洛
口感甜順，有小紅莓的香味。

Camay 嘉美
口味清淡淡有濃厚果香，沒有甜味，適合新鮮飲用。

liquor 烈酒

bourbon 波本威士忌
為美式威士忌裡的一種，當中使用玉米作為原料，波本威士忌的名稱源自於美國肯塔基州波本郡 (Bourbon County)，這個郡的名稱則源於法國的波旁王朝，因此是個法文字。

cognac 干邑白蘭地
Cognac 為法國干邑附近所產的白蘭地，由白酒製成，以橡木桶 (oak barrels) 陳年，市面上出售的干邑白蘭地中，以 XO（Extra Old）表示最高級。

Kahlúa 香甜咖啡酒
墨西哥當地產的利口酒，配上墨西哥咖啡豆。酒色成深棕色，具有濃郁的咖啡、奶油和香草的香氣。

Champagne 香檳

產於法國香檳區 (Champagne) 的一種葡萄氣泡酒，需要在葡萄酒瓶中進行二次發酵，產生二氧化碳製造出氣泡。其中酩悅香檳 (Moët & Chandon) 是法國品牌香檳，創立於一七四三年的，不但是世界最大的香檳製造商之一，也獲得英國皇室認證 (Royal warrant of appointment)。據說拿破崙 (Napoleon) 也是愛用者之一，進而使酩悅香檳聲名大噪。

cocktails 調酒

Sex on the Beach 性感海灘
一款常見的雞尾酒，由伏特加為基底，還會加上水蜜桃酒、鳳梨汁、**蔓越莓汁 (cranberry juice)** 等水果來調味。

Margarita 瑪格麗塔
margarita [ˌmɑrgəˋritə] 是用龍舌蘭混合柑橘利口酒 (triple sec) 與檸檬或萊姆汁調製的雞尾酒，在酒杯的杯緣還會抹上鹽巴，且通常會放上萊姆片裝飾。美國還有一個「瑪格麗塔日」(National Margarita Day)，訂為每年的二月二十二日。

Lemon Drop Martini 雪寶馬丁尼
lemon drop candy 是一種檸檬口味、酸甜濃郁的硬糖果。lemon drop martini 是以伏特加酒、糖、檸檬汁、柑橘利口酒加冰塊搖製而成的雞尾酒，滋味就跟 lemon drop candy 一樣──甜味及檸檬味很足，能掩蓋酒精氣味，是**適合女性的調酒 (girly drink)**。也獲得英國皇室認證 (Royal warrant of appointment)。據說拿破崙 (Napoleon) 也是愛用者之一，進而使酩悅香檳聲名大噪。

Piña Colada 椰林風情
非常具有**加勒比海 (Caribbean)** 風情的調酒，酒精濃度低、口感也很討喜，主要成分為萊姆酒加上**椰漿 (coconut cream)** 與鳳梨汁。

Screwdriver 螺絲起子
以新鮮柳橙汁和伏特加調製而成，據說名稱由來是因為一位在沙烏地阿拉伯的美國工程師，因為當地禁酒而偷偷把伏特加加在柳橙汁裡，並以螺絲起子攪拌而得名。

Irish Coffee 愛爾蘭咖啡
愛爾蘭威士忌加上咖啡和奶油，一般都做成熱飲居多。比較適合在冬天飲用。

eggnog 蛋酒
為聖誕節最具代表性的飲品，主要是由牛奶（或奶油）、蛋等內容物加上白蘭地、萊姆酒、威士忌、伏特加等酒類所製成。口感細膩香滑，最適合在寒冬喝上一口。

品酒(wine tasting)相關單字

uncork the wine 開酒	bitter 苦味
pour wine 倒酒	dry 幾乎不甜的
decant 醒酒	mellow 甘醇的
bright 清澈的	semi-sweet 微甜
strong 強烈的	thick 厚的，濃的
sweet 甜的	thin 淡的，似有滲水的
acid 酸的	flabby 平淡的
balance 順口的	

Salud! 敬一杯！

salud [sɑˋlud] 這個字源自西班牙文，原意為「敬禮」，常在電影中看到長官對士兵們發號施令，大喊 Salud! 其實就是要他們舉手齊眉敬禮的意思，salud 也可以用在舉杯致謝時，代表向某人「敬一杯，乾杯」，其他乾杯的說法還有 bottoms up、cheers，而**敬酒**則可說 toast。

sommelier [sɑməˋlje] 侍酒師

侍酒師又稱 wine steward [waɪn ˋstuwədʃ，他們具備專業品酒知識，除了能推薦適當的佐餐酒外，對於其他能搭配用餐的飲料，如茶、咖啡、果汁、汽泡飲料等皆有涉略。侍酒師有時會直接與消費者接觸，或與烹飪團隊 (culinary team) 討論，搭配 (pair) 最能使餐酒相得益彰的菜單。

Cooking 烹飪

「吃」當然是生活中不可或缺的一部份，
不過，想要親自下廚展現廚藝，以下這些實用的烹飪單字可要好好學一下喔！ 單字朗讀 MP3 22

常見肉類

beef 牛肉

veal 小牛肉

pork 豬肉

lamb 小羊肉

mutton 羊肉，即「成羊」的肉

chicken 雞肉

turkey 火雞肉

duck 鴨肉

pheasant 雉雞

常見魚類

bass 鱸魚

tuna 鮪魚

cod 鱈魚

swordfish 旗魚

salmon 鮭魚

red snapper 紅雕

sole 比目魚

herring 鯡魚

trout 鱒魚

catfish 鯰魚

sardine 沙丁魚

常見海鮮

abalone 鮑魚

mussel 貽貝

oyster 牡蠣

clam 蛤蠣

crab 螃蟹

lobster 龍蝦

prawn 明蝦

shrimp 蝦

scallop 扇貝

cuttlefish 花枝

squid 魷魚

octopus 章魚

常見蔬菜

daikon 白蘿蔔

carrot 紅蘿蔔

broccoli 綠花椰菜

cauliflower 白花椰菜

cabbage 捲心菜
俗稱高麗菜或甘藍菜

lettuce 萵苣
又叫生菜，有很多種類。一般常放在沙拉漢堡中。

spinach 波菜

onion 洋蔥

scallion/green onion 青蔥

garlic 大蒜

ginger 薑

celery 芹菜

asparagus 蘆筍

bell pepper 甜椒，青椒

tomato 番茄

corn 玉米

potato 馬鈴薯

sweet potato 蕃薯

cucumber 小黃瓜

pumpkin 南瓜

zucchini 櫛瓜

eggplant 茄子

spices 常用香料

Italian seasoning 義大利香料
義大利料理中常用的香料混合製成的綜合香料，最常用在披薩、義大利麵等菜色中。

parsley 巴西里
也叫洋香菜、荷蘭芹，這種香料最常拿來做青醬 (pesto)。

rosemary 迷迭香
具有強烈的草味，略帶甘味及苦味。通常吃羊肉、燉肉 (stewed meat)，或煮湯時會用到。

oregano 奧勒岡
希臘、義大利等地中海地區料理很常用到，香氣很濃，略苦。常會搭配以番茄為主的菜。

thyme 百里香
也是地中海常見的調味料，多用來調味魚類、貝類等海鮮肉品。

cilantro 香菜
又叫芫荽，亞洲菜比較常會用到，常用來提鮮、去腥。

sage 鼠尾草
盛產於地中海，味道濃烈，能夠幫助消化。

basil 羅勒，九層塔
香氣十足，東、西方做菜都很常用到。

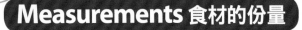

Measurements 食材的份量

tablespoon 大湯匙
（食譜上常記做大寫 T）

teaspoon 小湯匙
（食譜上常記做小寫 t）

dash 八分之一小湯匙

smidgen 八分之一小湯匙

pinch 十六分之一小湯匙

常用烹飪動詞

defrost 解凍 ▶ defrost frozen food 解凍冷凍食品

chop 斬開 ▶ chop the fish 把魚斬開

cube 切塊 ▶ cube the potatoes 把馬鈴薯沏塊

dice 切成丁 ▶ dice the onion 把洋蔥切丁

slice 切片 ▶ slice the pork 把豬肉切成片

julienne [ˌdʒuliˋɛn] 切絲 ▶ julienne the cucumber 把小黃瓜切成絲

mince 切成碎末 ▶ mince the garlic 把大蒜切成碎末

shave 削 ▶ shave the carrots 削紅蘿蔔

crush 壓碎 ▶ crush the cookies 把餅乾壓碎

grate 磨碎 ▶ grate the cheese 把起司磨碎

peel 剝皮 ▶ peel an orange 剝橘子皮

scale 去鱗 ▶ scale the fish 將魚去鱗

core 去核 ▶ core an apple 蘋果去核

trim 把不要的部分切除 ▶ trim off the fat 把油脂切除

marinate 醃泡 ▶ marinate the meat 把肉醃泡一下

調和食材

將食材混合在一起，一般可用 mix 來涵蓋，但講究點的話則有**攪拌** (whisk)，例如打蛋或打奶油都是用 whisk，**stir** 除了表示「攪拌」，也常用來指炒菜時的「**翻炒**」。**baste** 是指「**將熱油澆淋在主菜**」的動作。

料理食物

料理的方式有很多種，cook 這個動詞就夠你用了，但是要仔細研究的話，大致可分為以下幾種：

boil 煮

blanch 川燙

steam 蒸

stir-fry 炒

fry 煎

deep fry 炸

sauté [sɔ`te] 嫩炸或煎

smoke 燻

烤的英文動詞有好幾個：

broil 和 grill 都是用火烤，真要細分差別的話，「**火力由上往下**」的叫 broil，而「**由下往上**」的則是 grill。一般來說 bake 限於**用烤箱烤**，舉凡烤蛋糕、甜點等糕點也都用 bake。而 roast 只用在以「**烤箱或烤肉架烤肉品**」。

燉也可再細分：

「**長時間燉煮**」叫 stew，但以「**文火慢燉**」則是用 simmer。

金錢與消費
Money & Consumption

日常生活總是少不了
金錢和消費這檔子事，
就讓 EZ TALK 來教教各位
一些和金錢與消費有關的字詞吧！

單字朗讀 MP3 23

Online Shopping 線上購物

現在人很喜歡上網購物，一般來說，在網站上購物前要先加入該網站的會員，**登入 (log in) 帳號 (account)** 和**密碼 (password)** 後才能買東西，一般來說都會使用**信用卡 (credit card)** 付費；如果是買網路拍賣的話，通常一個**品項 (item)** 可能會有好幾個人**下標 (bid)**，最後會有一個出價最高的**得標者 (winning bidder)**，之後**買家 (buyer)** 就會線上刷卡或**匯款 (money transfer)** 給**賣家 (seller)**，買家在收到商品後會給賣家**回饋 (feedback)**。不過有些線上商店則不需要競標，直接下標就可以買了。

這當中值得注意的是，在下手買東西前最好先看清楚商品描述，有時候照片和實物看起來會有差異，此外，若是買國外網站的東西，要注意**匯率 (exchange rate)** 和**運送 (delivery)** 的**運費 (shipping fee)**，有些商品換算之下看似很便宜，但是加上運費後可就不得了，千萬別以為商品便宜就是賺到。同時，最好是找比較**值得信賴的 (trustworthy)** 網站，對**個人資料 (personal information)** 比較有保障。

TV shopping 電視購物

不管是台灣還是國外都有**電視購物頻道 (shopping channel)**，店家將商品委託電視頻道販售商品給消費者，主持人總是用誇張的說法來**促銷 (promote)** 商品，這些花招不外乎強調商品是**「限量版」(limited edition)**、不然就是說快**沒存貨 (out of stock)** 了，刺激民眾打電話進去搶購。

product placement 置入性行銷

product placement 字面上是「產品置入」的意思，也可稱為 **embedded advertising**，即為「置入性行銷」。置入性行銷為一種常見的廣告手法，將行銷的商品、服務或理念藉由電視節目、電影、**音樂錄影帶 (MV)** 等媒體達到**曝光 (exposure)** 目的，如讓演員在劇中使用，來增加產品知名度、達到廣告效果。這種方式有時不易被觀眾察覺為廣告，所以也稱為「隱性廣告」。

bargaining 殺價

bargain [ˈbɑrgən] 當動詞為「討價還價」之意,當名詞時可以指「特價商品,便宜貨」。另外和 bargain 類似的動詞還有 haggle [ˈhægəl],也是指**為了價錢而爭論不休**。

美國特別的消費去處

● dollar store 一元商店

店內的東西都是一美元,與台灣的十元商店很像,美國也有這種撿便宜的一元商店。台灣有十元商店、三十九元商店,美國則有 dollar store(一元商店)、99 cent store 等專賣便宜日用品的商店,店內商品定價皆為一美元(或九毛九)。這類商店常常位於**購物中心 (shopping mall)** 裡面,只要看到有 dollar 字樣開頭的店就是一元商店了。美國知名的連鎖一元商店有 Dollar General、Family Dollar。

● strip mall 一元商店

strip mall 是 shopping mall 的一種,不過 strip mall 的規格不像一般大型購物中心這麼大,它通常位於住宅區附近,之所以用 strip 這個字是因為所有的店橫列在一棟狹長的建築物裡。裡頭通常會有 **DVD 出租店 (video rental store)**、**乾洗店 (dry cleaner)**、**藥妝店 (drug store)** 等等日常生活必需的商店。

© pmschlenker/flickr.com

● thrift shop 廉價二手店

通常是慈善機構或教會辦的,物品由民眾捐獻的,售貨員很多都是義務幫忙,其宗旨是幫助窮人等弱勢族群。在廉價二手店賣的通常是衣服、鞋子、書籍、碗盤、還有**家電用品 (consumer electronics)** 等。

break the bank 花大錢

break the bank 這個說法本來用在賭博遊戲上,指一個人所贏得的錢超過「莊家」banker 所能支付的,這裡的 bank 是指「莊家的賭本」,後常被用來形容人「花大錢;花費很多」的意思。

A: I'm thinking of a getting the latest Apple computer.
　我在考慮買最新的蘋果電腦
B: Nice, if you want to break the bank. I'd stick with a PC.
　很好呀,如果你想砸錢的話,我還是堅持用一般的就好。

Paying with Plastic 持卡消費

為了不要帶一堆現金出門,現在只要一張卡就能暢遊各地、盡情消費了。英文中的 plastic 可指「**信用卡**」,但後來因為消費用卡有太多種了,只要是可用它來付費的卡片,都稱作 plastic。

很多連鎖咖啡店或便利商店都會推出**儲值卡 (stored value card)**,只要到該店消費時出示卡片,消費的金額就可自動從裡面**扣除 (deduct)**,例如**悠遊卡 (EasyCard)** 就是儲值卡的一種。買東西時,除了大家所熟知的信用卡外,還會使用到**金融卡 (bank card)**,金融卡分成兩種:一種是只能從提款機領出現金的**提款卡 (ATM card)**,還有另一種功能類似信用卡的**金融簽帳卡 (debit card)**,差別在於這種卡會直接從帳戶扣款,事後毋須拿著帳單去繳款。上述這些卡片,只要是上面有晶片的就叫做**智慧卡 (smart card,也可叫 IC card)**。

Black Friday 黑色星期五

聽到黑色星期五,你可能會以為是那個不吉利的十三號星期五 (Friday the 13th),但其實在美國指的是一年一度全美瘋狂的打折日。Black Friday 固定在感恩節 (Thankgiving) 的隔天,因為美國的感恩節是十一月的第四個星期四,所以得此名。美國每年的購物潮集中在耶誕節前後(像是台灣的農曆新年),而 Black Friday 則是耶誕購物潮的開端。

在美國,Thanksgiving 是十一月的第四個星期四,隔天星期五就是 Black Friday(二○一○年落在十一月二十六日)。Black Friday 猶如台灣百貨公司的年終週年慶,美國各百貨公司、大賣場都會在這天展開耶誕特賣檔期,許多店家會特別提早開門營業,有的清晨五點不到就開賣,甚至改為二十四小時不打烊!

跟經濟狀況相關的成語

don't have two nickels to rub together 身無分文

haven't got a penny to one's name 一窮二白

lose one's shirt 把錢輸光

penny pincher 吝嗇鬼

a penny saved is a penny earned 省一分錢就是賺一分錢,積少成多

a shoestring budget 預算有限

Natural Food
天然食品

「天然的尚好」是現代人的健康新觀念，
吃的健康，身體自然就健康。

單字朗讀 MP3

organic 有機

organic 表示「**有機的，生機的**」，有機食品是以**有機農業**
(**organic farming**) 栽種的農產品，在整個種植、製造過程中都
謹守少人工添加物、無污染、不殘害自然的原則，像是不使用
農藥 (**pesticide** [ˈpɛstəˌsaɪd]) 和**化學肥料** (**chemical fertilizer**
[ˈfɝtlˌaɪzə]) ，且作物本身不是**基因改造**的（**genetically
modified**，縮寫為 GM），這樣做出來的東西都可以稱做
「有機」。

chemical additives 化學添加物

- **preservative** [prɪˈzɝvətɪv] 防腐劑
- **artificial flavoring** [ˌɑrtəˈfɪʃəl ˈflevərɪŋ] 人工調味料
- **food coloring** 色素

slow food 慢食

千萬不要以為花上兩個鐘頭，慢慢品嘗食物
就是 slow food 喔。慢食其實是一個抵制
速食 (**fast food**) 的運動，美國麥當勞
(**McDonald's**) 於一九八六年，準備在義大
利設立第一間**分店** (**branch**)，遭受當地
人反對，接而推動有機美食的生產，
食材標榜以不摻雜任何化學人工添加
物的傳統天然方式來種植、製造，保留
食材當地的味道。這樣的概念
已逐漸風靡全球，許多國家都加
入慢食運動的行列。

locavore 吃當地食材者

這個字是由 local（當地的）和 vore 組合而成，vore 有
「飲食方式」的意思，像是 **carnivore** [ˈkɑrnəˌvor]（**肉
食性動物**）和 **herbivore** [ˈɝbəˌvor]（**草食性動物**），
locavore 字面意思就是「吃當地食材者」，也就是購買
的食物是從自己或者鄰近約一百哩的農場內所生產，不
用為了保持
新鮮而冷藏
或是添加其
他人工手
續，如多重
包裝、防腐
劑等，是二
〇〇五年創
造出來的
新字。

© littleny / Shutterstock.com

farmers' market 農夫市場

一週一次的流動型農夫市場，是給農夫可以擺攤販賣自家
農產品的聚集市場，市場地點可以是一個廣場，甚至是一
條街。為了與一般連鎖超市的食材做區隔，農夫市場的
農產品都會標榜有機耕作、無農藥，成為購買**有機蔬果**
(**produce** [ˈprodus]) 的最佳選擇。

© lezumbalaberenjena / flickr.com

Beans and Peas

大家一起來「豆」知識！

我們習以為常的紅豆湯、綠豆湯，常令許多初來乍到的美國人驚呼連連，這是因為在美國，不帶**豆莢 (pod)** 的豆類像是紅豆、綠豆都被視為蔬菜的一種，常與洋蔥、大蒜和肉類等一起煮成料理，像是墨西哥豆醬 (chili)、培根豆子湯 (bean soup)、波士頓什錦焗豆 (Boston baked beans) 和豆子沙拉 (bean salad)…等等。 單字朗讀 MP3 25

azuki beans 紅豆

紅豆直譯的英文是 red bean，只是這個紅豆跟一般台灣人所說的紅豆大了一點。
red bean 通常會讓美國人聯想到的是 kidney bean，也就是我們所說的**大紅豆**或是
紅菜豆，若要指平常在紅豆湯裡所謂的紅豆，英文則要說 azuki bean（取自日文拼
音）。紅豆都不叫 red bean 了，那綠豆還會是 green bean 嗎？沒錯，**綠豆**的英文
是 mung bean，green bean 指的是「**四季豆**」，你還可以說 string bean。除了
紅豆綠豆，花豆在台灣也很常見，花豆和大紅豆長的很像，只是多了些斑紋，所以**花
豆**的英文其實就是「有花紋的大紅豆」(speckled kidney bean)。

green beans

speckled kidney beans

snow peas

peas

peas 豌豆

豌豆有很多種類，形狀也不盡相同，雖然中文都叫豌豆，但英文的說法分的可是很清楚。pea 指的就是豌豆莢裡一顆顆的豌豆，嚴格說來就是豆莢裡的籽。

我們常吃的豌豆裡，可以依豆莢形狀來分類，像是**豆莢圓滾飽滿**的 snap pea 和**豆莢扁平**的 snow pea 就是一個例子。**蠶豆** (fava bean) 其實也是豌豆家族的成員之一，又可稱做 broad bean，只是蠶豆比一般豌豆籽還大，其特殊綿密的口感，使蠶豆成為許多佳餚的主要食材之一。

snap peas

chickpeas 鷹嘴豆

也稱做 garbanzo bean [gɑr`bɑnzo bin]，因其狀似小雞的嘴巴而得其名，屬於高營養豆類植物，常出現在中東菜 (Middle Eastern cuisine) 裡，像是鷹嘴豆泥 (hummus [`hʌməs]) 和法拉費 (falafel [fə`lɑfəl])。

falafel

hummus

單字朗讀 MP3 26

Tainted Products! 小心！黑心商品就在你身邊！

不肖商人為了吸引顧客，經常會使用含有**毒素** (toxin) 的**化學添加物** (chemical additive) 來降低商品成本或增添食物風味，使得黑心商品滿天飛，種類多到嚇人。以下就介紹一些常聽到的有毒添加物，大家買東西時一定要多多注意，以免買到黑心貨，傷財又傷身啊！

toxic starch 毒澱粉

最近期爆出多起毒澱粉事件，連許多老牌的知名大廠都遭殃，舉凡使用大量澱粉、吃起來會 Q 彈的食品，像是大家最愛的台灣小吃**肉圓** (meatball dumpling)、**蚵仔煎** (oyster omelet)、**豆花** (tofu pudding)、**芋圓** (taro ball) 等都很有可能含有毒澱粉，這種毒澱粉又叫 industrial starch，當中添加的**順丁烯二酸酐** (maleic anhydride [mə`leɪk æn`haɪdraɪd])，若長期服用可能導致**腎臟** (kidney) 方面的疾病。

plasticizer 塑化劑

前陣子台灣爆出許多粉製飲料中含有塑化劑（plasticizer [`plæstə͵saɪzə]），使得人心惶惶，飲料業者損失慘重。這種物質為現今最廣泛使用的工業添加劑之一，如今卻被不肖業者拿來代替由阿拉伯膠、乳化劑、棕櫚油及多種食品添加物混合製成的合法食品添加物——**起雲劑**（clouding agent，這裡的 agent 解釋為（化）劑，作用物）。塑化劑的分子結構類似動物體內的**荷爾蒙** (hormone)，因此被稱為環境荷爾蒙，長期接觸恐會提高女性賀爾蒙相關癌症的風險，也會影響孩童的發育。結果發現，孕婦體內塑化劑濃度越高，胎兒的塑化劑濃度越高，且男性荷爾蒙濃度會降低，男童行為易**有女性化** (feminization) 的傾向發生，包括喜歡玩洋娃娃、珠寶等女性玩具或是偏愛扮演公主等女性角色。

lead 鉛

這個單字較常當動詞「領導；導致」使用，此時發音為 [lid]。而作名詞「鉛」時，要唸作 [lɛd]。鉛是有毒的**重金屬** (heavy metal)，在人體中累積後很難代謝，長期接觸鉛和鉛化合物，會導致血液疾病、腦部病變，對**神經系統** (nervous system) 和**消化系統** (digestive system) 尤其具破壞性。一般判斷鉛中毒的臨床症狀有：劇烈頭痛、記憶力喪失、失眠、關節疼痛，嚴重的話還會伴隨視神經炎、腦壓增高等。

早期的飲酒中會加入**鉛化合物** (lead compound) 來調味，有些人認為，古羅馬皇帝的**老年癡呆症** (Alzheimer's disease，又稱做阿茲海默症) 也是起因於當時的水管多用鉛所製成。鉛通常是用來黏著固定某些物質，因此某些劣質的口紅和**染髮劑** (hair coloring) 都有含鉛。此外，還發生過嬰幼兒將玩具放入嘴巴舔咬所造成的中毒事件，這是由於玩具上的油漆中常會用鉛來凝固所造成的，而兒童吸收鉛的比例又高於成人，因此有家中有小朋友的話要特別注意。

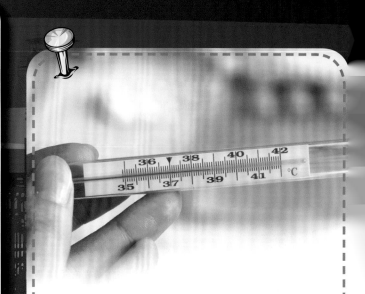

mercury 水銀

又稱汞或鋶，為化學元素的一種。化學符號為 Hg，質量重而且有毒，是一種重金屬。在常溫下是液體狀。通常用於工業和化學用，例如製造**溫度計** (thermometer) 和**氣壓計** (barometer)、殺蟲劑、防腐劑還有牙醫用的補牙材料。

因為汞的某些化合物有快速讓皮膚變白的效果，所以一些黑心**保養品** (skin care product) 中還會添加汞化合物，透過汞離子的化學作用讓**黑色素** (melanin) 暫時無法生成，達到漂白效果。但是這些**美白** (whitening) 效果都是暫時的，一但停止使用，效果就會消失，對皮膚的傷害也更大。由於汞進入人體後無法自然排出，長期使用會造成汞中毒，也就是一般所稱的**水俣病** (Minamata disease)，對人體的**神經** (nerve)、**消化道** (digestive tract) 和**泌尿系統** (urinary system) 都是很大的危害。

流感
Influenza

一般感冒及流行性感冒雖然都是由**病毒** (virus) 感染引起的，但特徵

卻不盡相同，以下就為大家整理一下有關流感的小常識。 單字朗讀 MP3 27

什麼是流感？

流行性感冒 (influenza [ˌɪnfluˈɛnzə]，簡稱 flu) 是一種傳染病 (infectious disease [ɪnˈfɛkʃəs dɪˈziz])，通常會在鳥類或**哺乳動物** (mammal) 間傳播，症狀通常會比感冒更嚴重，一般是透過**飛沫傳染** (droplet transmission [ˈdrɑplɪt trænsˈmɪʃən]) 或人與人間的**接觸傳染** (contact transmission)。由於流感病毒常會導致嚴重的**併發症** (complication)，所以**致死率** (fatality [fəˈtæləti] rate) 較高，常發生**突變** (mutation [mjuˈteʃən]) 而產生**毒株** (strain)，由於人們對新變種病毒不具**免疫力** (immunity)，導致短期內出現大量感染的情況。流感病毒分為 A、B、C 三型，會在人類之間引發大流行的主要是 A 型及 B 型。常見的**症狀** (symptom) 有：**發冷** (chills)、**發燒** (fever)、**流鼻水** (runny nose)、**喉嚨痛** (sore throat)、**肌肉痠痛** (muscle pains)、**頭痛** (headache)、**咳嗽** (coughing)，嚴重的話還會出現**噁心** (nausea)、**嘔吐** (vomiting) 等症狀。

不過要注意一下，一般我們常聽到的**腸胃型感冒** (stomach flu，正確名稱為 gastroenteritis [ˌgæstroˌɛntəˈraɪtɪs]) 其實並不是感冒，而是由病毒或**細菌** (bacteria) 引起的腸胃炎，和環境衛生有比較大的關係，因此發展中國家的孩童特別容易感染這種疾病。

H7N9、H1N1 和季節性流感(seasonal flu)

H7N9 是**禽流感** (avian flu [ˈevɪɪn flu] / bird flu) 的一種，最早出現在中國大陸長江三角洲一帶，禽流感病毒存在於受感染禽鳥的呼吸道飛沫及**排泄物** (excrement [ˈɛkskrɪmənt]) 中，人類會感染主要是因為**吸入** (inhale) 或是接觸到禽流感的病毒顆粒，**潛伏期** (incubation period [ˌɪnkjəˈbeʃən ˈpɪriəd]) 可長達十四天之久。這種流行疾病叫做 epidemic [ˌɛprˈdɛmɪk]，而規模更大、擴及全球的**大規模傳染病**則稱做 pandemic [ˌpæsnˈdɛmɪk]。

H1N1 是 A 型流感的一種，一開始是從豬隻身上發現的傳染病，感染者多為近距離接觸豬隻的人，但是只要有煮熟，食用豬肉並不會造成感染。二〇〇九年在墨西哥嚴重爆發時，被世界衛生組織 (WHO) 稱為「**豬流感**」(swine flu)，以色列地區則因為猶太教禁食豬肉而採用「墨西哥流感」一詞。科學家指出，該病毒含有禽類、人類和典型的豬隻遺傳成分，潛伏期最高可達七天。

季節性流感有一定的高峰期，一般好發於季節交替的時節，尤其是冬天到早春的轉換期，由於北**半球** (Northern Hemisphere [ˈhɛməsˌfɪr]) 和南半球 (Southern Hemisphere) 季節顛倒，所以北半球的高峰期通常約在十二月到二月，南半球則在六月到八月間。

preventive measures 預防措施

要預防流感，除了多補充營養、適當運動和休息外，還可以進行一些特別的預防措施，例如將確認染病的人**隔離** (quarantine [ˈkwɔrən.tin]) 起來，以減少傳播風險，或是用**消毒水** (disinfectant [ˌdɪsɪnˈfɛktənt]) 進行居家或戶外**消毒** (sanitize [ˈsænə.taɪz])。此外，政府也會提供**疫苗** (vaccine [vækˋsin]) 供民眾**接種** (inoculation [ɪˌnɑkjəˋleʃən])，不過某些對流感疫苗曾發生不良反應或已出現急性病狀的人並不適合，還有少數人在接種之後會產生一些**副作用** (side effect)。

描述身體不舒服的慣用語

• under the weather 身體微恙

除了說 I'm sick. 或 I'm not feeling well. 之外，頭痛、拉肚子這些小毛病還可以用 under the weather 來形容。

📖 I've been feeling a little under the weather lately.

我最近覺得身體有點不適。

• down with a bug
（因感染流行性病毒而）身體不適

有些時候可能因流行某種病毒而讓公司裡、學校裡的人一起感染，這種討厭的病毒就稱做 bug，所以 down with a bug 就是指受到流行性病毒感染。

📖 Josh is down with a bug, so he won't be coming to work today.

喬許得了流感，所以他今天不會來上班。

• have a frog in one's throat 失聲

這句話可和青蛙一點關係都沒有，這句話是在形容有東西卡在喉嚨，就是指聲音沙啞。

📖 I have a frog in my throat.
我聲音沙啞。

Pregnancy
懷孕大件事

單字朗讀 MP3 28

baby care 照顧小寶寶

照顧寶寶是所有初為人父、人母的一大挑戰，很多媽媽都會**餵母奶** (breastfeed)，母體生產後二到三天內所分泌的乳汁叫做**初乳** (colostrum)，有助於胎便的排出，防止新生兒發生**腹瀉** (diarrhea [ˌdaɪəˋriə]) 的情形，還可增強**抵抗力** (resistance)。寶寶因為吸奶時需要用力吸，容易吞入大量空氣，造成**脹氣** (gas/bloating)，此時家長可以輕輕拍寶寶背部，讓寶寶**打嗝** (burp) 排氣。

媽媽帶寶寶外出時，要準備一個「**媽媽袋**」(diaper bag)，裡面放上一堆嬰兒用品，像是**奶瓶** (bottle)、**奶嘴** (pacifier)、**尿布** (diaper)、**濕紙巾** (wet napkin) 等，還得時時注意寶寶是不是便便了、會不會過熱或過冷等等，只能說為人父母還真是不容易啊！

menstrual cycle 生理週期

月經 (menstruation [ˌmɛnstruˋeʃən])，也可以唸成 [ˌmɛnsˋtreʃən]，是發育成熟的女性具備的生理現象，也就是**子宮** (uterus/womb) 內膜剝落出血。月經來潮的期間（平均五天）稱為**生理期** (menstrual period，常簡稱為 period)，一次生理結束至下次生理期到來的週期約二十八天，這種週而復始的循環就是**生理週期** (menstrual cycle)。

除了**生理痛** (menstrual cramps) 的折磨之外，有不少女性會有**月經不規則** (irregular period) 的問題，例如剛開始有生理期的女孩及即將進入**更年期** (menopause [ˋmɛnəˌpɔz]) 的女性，常會**隔很久才來** (infrequent period)，或是經**血量很少、一兩天就結束** (light period) 的狀況。

「那個來了」要怎麼說？

要表達女生月經來時，可說 be on one's period 或 have one's period，比較口語的話則可說 on the rag，rag 本為「小塊的布」之意，因為早期衛生棉都是用布做的，所以延伸出這種說法，不過這種說法略帶貶意，男生在挪揄女生脾氣不好時常會這麼說，建議要小心使用。

A: How come Connie looks so tired?
康妮怎麼看起來那麼累啊？

B: She's on her period.
她那個來了。

after birth 產後

懷孕生子原本是充滿歡欣和喜悅的，然而卻有許多產婦得了**產後憂鬱症 (**postpartum depression**)**，一般口語稱 *baby blues*。產後憂鬱症的發生的可能原因有：生產過程中過度害怕、**驚慌 (**panic**)**、照顧**新生兒 (**newborn**)** 的壓力、擔心身材走樣，不再具有吸引力。此病的發生率非常高，約佔產婦的 50% 到 80%，主要的情緒表現是好哭**敏感 (**sensitive**)**、**心情低落 (**depressed**)**、**易怒 (**bad-tempered**)**；在身體方面則會表現是**頭痛 (**headache**)**、**失眠 (**insomnia**)**、**做惡夢 (**nightmare**)** 等症狀。建議新手媽媽可以多從事一些休閒**消遣 (**pastime**)**，如果有逐漸惡化趨勢，就應該去**精神科 (**Psychiatry Department**)** 做一下諮商會比較好。

另一個讓新手媽媽頭痛的就是**妊娠紋 (**stretch marks**)** 了，是人體在因懷孕增重過程中產生的皮膚纖維斷裂現象，主要會出現在腹部、**大腿 (**thigh**)**、臀部、胸部等處，影響媽媽產後的**體態 (**figure**)** 和心情。有人說預防妊娠紋的方法就是懷孕期間在容易產生妊娠紋的部位塗橄欖油，可以滋潤肌膚、增強皮膚的韌性，也有人會在產後擦妊娠霜來修復。

giving birth 生產

在得知懷孕並確定**預產期 (**due date**)** 後，每隔一段時間，準媽媽們就必須進行**產前檢查 (**prenatal exam**)**，測量寶寶的重量、羊水指數 (AFI) 和聽**胎心音 (**fetal heart tones**)** 等，而在懷孕期間，媽媽常會有**害喜 (**morning sickness**)**、**抽筋 (**cramps**)** 等現象。大約二十周後，媽媽可以感覺到孩子的胎動，寶寶也發展出聽覺，所以很多著重**胎教 (**prenatal education**)** 的媽咪喜歡給孩子聽莫札特一類的古典樂，希望培養寶寶的音樂氣質。

準媽媽最緊張、最害怕的就是**分娩 (**delivery**)** 的時刻了，首先，媽媽在生產前會有劇烈**陣痛 (**labor pain**)** 及**羊水 (**amniotic fluid**)** 流出的狀況，接著就會被送到醫院的**產房 (**delivery room**)** 生 baby。

一般來說，若產檢時沒有特殊狀況、胎位正常，通常都會選擇**自然產 (**vaginal delivery**)**，產後恢復也較快；反之，剖腹生產的孕婦由於恢復較慢且傷口較痛，則需兩到三天後才能下床。

為什麼剖腹產叫做 cesarean section？

cesarean section 又可稱 cesarean delivery，常簡為 C-section，直譯是「凱薩切開術」，前一字 cesarean 為形容詞，意思是「凱撒的」。相傳古羅馬的統治者凱撒 (Caesar) 就是經由剖腹手術誕生的，不過也有人說凱薩大帝根本就不是經由剖腹手術誕生。此名稱主要是來自於古羅馬時代的凱薩法，當時規定若有產婦的寶寶在出生前夭折，必須剖腹將其子宮內的胎兒取出。不論緣由為何，這至少可以幫助記憶這個醫學術語，不是嗎？

infertility 不孕症

當許多人高高興興地迎接新生命的到來，同時也有一些人為不孕症 (infertility [ˌɪnfəˋtɪləti]) 所苦，這種現象是男女雙方或其中一方無法生育，通常判定的標準為在沒有**避孕** (contraception) 的情況下，嘗試一年後仍無法懷孕。一般觀念都認為不孕的責任在女方，但其實很可能雙方都有關。男性**不孕症** (male infertility，口語則常說成 shooting blanks，也就是「空炮彈」) 的檢查、診斷和治療主要屬於泌尿科醫師的範圍，但婦產科醫師 (gynecologist) 也須具備男性不孕症的基本概念，與泌尿科醫師相互配合，共同找出問題，攜手合作治療不孕症夫婦，才能成功受孕。

確診為不孕的夫婦，可以用**人工受孕** (artificial insemination) 的方式或**代理孕母** (surrogate mother) 的方式，前者原理是利用離心及游離方式去除品質不良的**精蟲** (sperm)、白血球及其他化學物質等，再利用特殊導管經**陰道** (vagina) 及**子宮頸** (cervix)，將品質良好精蟲送入子宮腔；而代理孕母則是某些女性不孕的夫妻，為了想要子女，於是徵求第三者女性之同意，經由丈夫提供精子使該女性受孕。

pregnancy 懷孕

當女生發現自己好像生理期久久沒來，身體又開始出現如**體溫升高** (elevated body temperature)，容易**疲累** (fatigue)、經常有噁心感、**乳房腫脹** (swollen breasts)、**頻尿** (frequent urination) 等症狀，就會開始懷疑自己是不是懷孕了。這時有人便會上藥妝店自行購買**驗孕棒** (pregnancy test)。驗孕棒的原理是藉由**尿液** (urine) 來測試子宮內提供胚胎營養的「滋養層細胞」所分泌的「人體絨毛膜性腺激素（俗稱 **HCG**）」的存在與否。若判讀結果是兩條線，代表陽性，就是有懷孕；而陰性則顯示為一條線，代表沒懷孕，這種激素同時也可由母體的血液中測得。而另外比較準確的方法則是到醫院進行**超音波** (ultrasound) 檢測。

我懷孕了！

要表達「懷孕」一般可以說 be pregnant 或 be preggers，或是比較口語的用法 She's got a bun in the oven.（直譯為「她的烤爐上有麵包」）。

A: Guess what? I'm pregnant!
你猜怎麼著？我懷孕了！

B: Uh, is it mine?
呃，是我的嗎？

Birth Control Methods

節育方法

晚婚、房價、經濟等等多重因素，導致台灣的**生育率**（birthrate）越來越低。雖然如此，經濟環境的不穩定和未來的不確定性，還是讓很多人不敢生小孩。生育控制的主要目的是預防懷孕，方法不外乎是避免精子接觸**卵子**(ovum)或是不讓囊胚著床(implantation)等等，現在就讓我們來看看究竟有哪些方法是最常見的。

單字朗讀 MP3 29

contraceptives 避孕用品

contraceptive [ˌkɑntrəˋsɛptɪv] 這個字是用來指避孕的藥物和用品，以下屬於 contraceptive 的避孕方式：

- **barrier 阻隔式**
  阻隔式避孕法是指在性行為中，使用一些能將精子阻擋到子宮外的避孕用品，像是能隔絕體液接觸和預防性病的**保險套**（condom，口語也稱做 rubber）、女性保險套（female condom，也可稱做 femidom）還有圓形杯狀的**子宮帽**(diaphragm)、**子宮頸帽** (cervical cap)，放入後能將子宮頸口蓋住，常和**殺精劑** (spermicide) 一起使用。阻隔式避孕依用品的不同而有不同的避孕效果，安全比例由高至低大約分別為：保險套高達 98%、女性保險套則有 94%，子宮帽為 86% 和子宮頸帽的 84%。

- **hormonal 荷爾蒙式**
  荷爾蒙避孕法則是指服用避孕藥或是施打**避孕針** (birth control shot)，抑制排卵以達到避孕的效果。**口服避孕藥**的英文是 birth control pill，口語上也可直接簡稱為 the pill。荷爾蒙式則大約有 96% 到 99% 的避孕高效果。

- **IUD 子宮內避孕器**
  IUD（為 intrauterine device 的縮寫，intrauterine [ˌɪntrəˋjutərɪn] 為形容詞，意思是「子宮內的」）是一種放在子宮裡的 T 型避孕器，IUD 上面的**銅** (copper) 會影響精子的活動力並遏止與卵子結合。IUD 避孕器的避孕率高於 99%。

Others 其他方法

- **surgical sterilization 絕孕手術**
  絕孕手術是指進行手術，使自己變得不孕，也就是結紮手術。**男生的結紮手術**是將輸精管剪斷，英文是 vasectomy [vəˋsɛktəmi]，口語上你也可以說 get snipped（snip 有「剪斷」的意思）；**女生的結紮手術**是將輸卵管阻絕起來，稱做 tubal ligation，更口語的說法是 get one's tubes tied。絕孕手術的避孕成效大約是 99%。

- **rhythm method 計算安全期**
  生理週期較為規律的女生，會利用此方式算出可能會排卵的日子，也就是危險期，並在危險期避開性行為。但因月經週期的不夠穩定，所以計算安全期的避孕效果只有大概 53%。

- **withdrawal method 體外射精，性交中斷法**
  你也可以說 pull-out method。這項避孕措施是指性行為進行至一段時間後，男生立即中止，以避免在體內排出精液。這項避孕方式大約只有 73% 的成果。

- **abstinence 禁慾**
  禁慾是指沒有任何的性生活，實施禁慾的原因有很多，通常以宗教理由為最常見。在沒有進行任何性行為的情況之下，當然具有百分之百的避孕成效囉！

壓力
Stress

在工作時數長和生活步調快速的現今社會中，
一個不小心，壓力就超標了。適當的壓力固然可以激發我們的潛能，
但過多的壓力也會對身體造成負荷，帶來許多毛病。 單字朗讀 MP3 30

當你發現你的情緒起伏很大，開始**焦慮** (anxiety)、暴躁或是易怒，那你可能要小心，因為你的壓力已經太大了。上述的還只是輕微的症狀，嚴重一點的可能還會出現**心悸** (heart palpitations)、**胸悶** (chest tightness) 等症狀。不過，每個人因壓力出現的生理狀況不一定相同。有人會暴飲暴食，導致**飲食失調** (eating disorder)；也有人是睡眠品質出問題，出現**淺眠** (shallow sleep) 甚至是**失眠** (insomnia) 的症狀或者會有**偏頭痛** (migraine [ˋmaɪgren]) 的情形發生。

壓力導致的疾病

前面提到的症狀，都是身體的警訊，在抗議著它需要好好放鬆跟休息，若置之不理，壓力可能會引發很多你意想不到的疾病。在生理方面，最常出現的就是腸胃問題，輕微的可能只是**便秘** (constipation) 或腹瀉，嚴重一點的還會造成**消化性潰瘍** (peptic ulcer) 和**腸躁症** (irritable bowel syndrome) 等疾病。心臟方面，則會出現像是**冠狀動脈硬化**（學名為 arteriosclerosis [ɑrˋtɪrɪoskləˋrosɪs]，口語較常稱為 hardening of the arteries) 或是**高血壓**（學名是 hypertension [ˌhaɪpəˋtɛnʃən]，口語上常說 high blood pressure）等，威力不容小覷。心理層面則可能會罹患**憂鬱症** (depression)，醫生通常會開一些**抗憂鬱劑** (antidepressant) 給患者服用，或是安排患者參加**心理諮商** (counseling) 來治療，但最治本的還是找出自己壓力的根源，才是解決之道。

調適方法

最好的抗壓處方不外乎是保持正常作息和規律運動，不過曬太陽其實也有很大的幫助喔！由於陽光中的維生素 D，可以幫助分泌腦中的**血清素** (serotonin [ˌsɛrəˋtonɪn])（血清素是大腦中的一種神經傳遞物質，可以抗憂鬱，是人體中的自然幸福分子），消除你的負面情緒。此外，多攝取富含維生素 B 和 C 的蔬果、少喝富含咖啡因的飲料，保持睡眠充足，如此一來就不怕壓力來找你麻煩囉！

舒壓偏方

yoga 瑜珈

瑜珈是一種藉由調整呼吸節奏和**伸展** (extend) 肌肉筋骨的舒緩運動，它能夠消除肌肉的緊繃感，使身心平靜下來，達到放鬆的效果。**冥想** (meditation) 也是另一個紓壓的好方法，透過檢視自己內在及感受呼吸變化，使心靈沉靜下來，忘記壓力帶來的緊張感。

massage 按摩

身心疲憊的時候，可經由按壓人體穴道來舒緩肌肉緊繃的狀況，幫助**血液循環** (blood circulation) 以達到放鬆效果，坊間有許多像是**經絡按摩** (acupressure [ˋækjuˌprɛʃə])、**腳底按摩** (reflexology [ˌriflɛkˋsɑlədʒi]) 或是利用水溫、水壓和水流特性來達到按摩效果的水療法等，都是很不錯的選擇。懶得出門，還是手頭沒那麼寬裕的人，不如試試自己可以在家 DIY 的**精油** (essential oil) 按摩，市面上有許多天然萃取的植物精油，如幫助睡眠的薰衣草或是提神醒腦的薄荷…等等，可以讓你依照自己的需求來做挑選。

消化 Digestion

吃美食不僅能使人心情愉悅，
更能供養身體足夠的養分，
這些食物都要經過消化來成為我們一天活力的來源，
所以吃的健康、維護消化系統正常運作是很重要的喔！ 單字朗讀 MP3

digestive system 消化系統

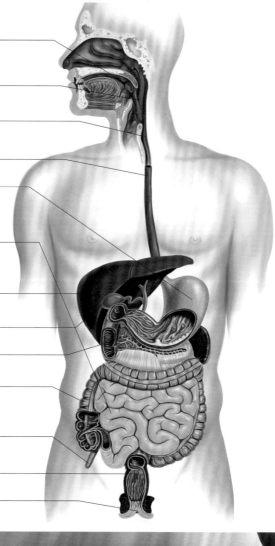

❶ **salivary glands** [ˋsæləvɛri glænds] 唾腺
分泌唾液 (saliva) 分解食物

❷ **pharynx** [ˋfærɪŋks] 咽喉

❸ **epiglottis** [ˌɛprˋglɑtɪs] 會厭

❹ **esophagus** [ɪˋsɑfəgəs] 食道

❺ **stomach** 胃
分泌胃液 (gastric juice)，吸收養分與水分

❻ **small intestine** [ɪnˋtɛstɪn] 小腸
分解蛋白質和脂質 (lipid)，吸收養分與水分

❼ **liver** 肝：分泌**膽汁** (bile)，輸送到小腸

❽ **gallbladder** [ˋgɔlˌblædɚ] 膽囊：儲存膽汁。

❾ **pancreas** 胰線：分泌**酵素** (enzyme)，輸送到小腸。

❿ **large intestine** 大腸
吸收剩餘水分、**電解質** (electrolyte) 和蛋白質，形成糞便

⓫ **appendix** [əˋpɛndɪks] 盲腸

⓬ **rectum** 直腸：糞便累積的地方

⓭ **anus** 肛門：排便

Digestive Symptoms 消化道症狀

有時候我們吃到不乾淨的食物，可能會感覺到噁心甚至嘔吐、腹瀉或是暴飲暴食出現**消化不良 (indigestion)**、**胃灼熱 (heartburn**，俗稱火燒心)、**腸胃脹氣 (gas)**、**胃炎 (gastritis)**⋯等症狀。

飲食不正常，腸胃也容易出狀況，例如常見的**胃食道逆流 (acid reflux)**、**胃潰瘍 (ulcer)**，導致腸胃科的診間常常人滿為患。

還有些患了**乳糖不耐症 (lactose intolerance)** 的人，只要喝牛奶就會拉肚子，這是基因所引起使得身體無法吸收乳糖所導致，不是屬於傳染的腸胃疾病。

常見腸胃道菌類與病毒

保持腸胃健康是很重要的，若不慎感染到以下這些細菌和病毒，可能會造成**發炎 (inflammation)**、腹瀉等嚴重的腸胃問題。

Helicobacter pylori 幽門螺桿菌

生存於胃部及**十二指腸 (duodenum)** 的各區域內，會引起輕微慢性發炎的**胃黏膜 (stomach lining)**，甚至導致胃及十二指腸潰瘍與**胃癌 (stomach cancer)**。幽門螺桿菌的傳染途徑不明，也不是每個感染上的人都會有如此症狀。

rotavirus 輪狀病毒

好發於冬季的病毒，感染症狀為嘔吐、腹瀉，以及輕微發燒，尤其兒童最容易被感染。潛伏期大約有兩天，感染時容易引起**脫水 (dehydration)** 的現象。

norovirus 諾羅病毒

感染症狀類似輪狀病毒，主要傳播途徑是生食海貝類等水生動物，常是導致**腸胃炎 (gastroenteritis)** 的主因。

enterovirus 腸病毒

總在夏天讓人心惶惶的腸病毒，主要生長在腸道，經由飛沫及食物傳染，感染後有發燒、長**皮疹 (rash)** 和**水泡 (blisters)**，還可能導致兒童死亡。腸病毒也可能引起**手足口病 (hand-foot-mouth disease)**，典型特徵為在手、腳、口腔有隆起紅疹與水泡。

Staphylococcus aureus 金黃色葡萄球菌

這種細菌除了引起皮膚感染外，也可能造成**食物中毒 (food poisoning)**，所以做好個人清潔、飲食衛生是防範這些疾病的最佳方法。

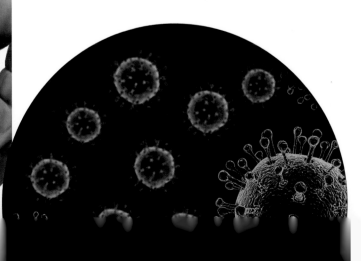

恐懼症
Phobias

{ 恐懼症是對特定事物有莫名恐懼的一種精神官能症，
患者會預想自己害怕的事物出現而產生焦慮、甚至想逃避的情緒。 }

單字朗讀 MP3 32

各種恐懼症

在英文中，有許多恐懼症的學名大家較不熟悉，所以想表達各種恐懼症時，通常就直接在 **fear of** 後加上害怕的事物，例如**懼高症**原本的學名是 **acrophobia**，但一般就直接說 **fear of heights**、飛行恐懼症的學名 **aviophobia**，就說 **fear of flying**。

agoraphobia 廣場恐懼症

agora 是希臘文的「廣場」。此類患者極度害怕**人群擁擠** (crowded) 的公共場所或是空曠的地方，症狀嚴重的患者甚至不敢踏出門外，只能躲在家裡。

claustrophobia 幽閉恐懼症

來自拉丁文的 claustrum，意思是「幽閉的空間」，claustrophobia [ˌklɔstrəˋfobiə] 是在描述對於待在密閉狹小的空間裡，像是電梯或是無窗的房間等，會害怕發生危險逃不出去而產生不安，甚至有快要**窒息** (suffocate [ˋsʌfəˌket]) 的感覺。

arachnophobia 蜘蛛恐懼症

這個字也是源於希臘文，arachnid 的意思是蛛形綱的生物如蜘蛛和蠍子 (scorpion) 等，但用在恐懼症的對象上一般是專指蜘蛛而已，患者會莫名害怕蜘蛛，甚至連圖片或任何可能聯想到蜘蛛的事物，他們都會毫無來由的畏懼。

非正式精神疾病的恐懼症

homophobia 同性戀恐懼症

舉凡對於同志朋友產生反感厭惡和害怕，甚至出現言語攻擊或暴力行為，這些都是同性戀恐懼症的行為，也可直接簡稱為「恐同症」。這是因為社會中異性戀為大多數，因此人們在無形中對同性戀者產生**歧視** (discrimination) 和**偏見** (prejudice) 而抱有負面態度

xenophobia 生人恐懼症

xenos 在希臘文中的意思是「外來者」。有生人恐懼症的人對外國人、外地人，甚至任何外來的事物感到恐懼或不滿，進而產生排斥心裡。例如排斥一些外來**移民者** (immigrant) 或外來文化。

治療方法

醫師通常會先以藥物治療，開一些抗焦慮、抗憂鬱劑來幫助病人舒緩不安情緒，症狀穩定後，多半醫師會鼓勵病人搭配**認知行為治療法** (cognitive behavioral therapy)，它是一種心理治療，經由和諮商師談話，來幫助自己看待認知中存在錯誤的、不合理的、誇大恐懼的成分，重新導正自己的思考模式，恢復健康生活。

整形
Cosmetic Surgery

現代人開始會在自己的身上動些小手腳，為的只是不讓歲月留下任何痕跡。任何手術都一定會有風險，記得在做決定做任何改變之前，一定好好跟**整形外科醫生** (cosmetic/plastic surgeon) 諮詢清楚，才不會後悔喔。以下是幾項最常見的整型手術，EZ TALK 精心整理出英文說法，讓你看過之後，你的英文詞彙就跟整型一樣，也有 before and after（整型前和整型後）大不同的效果。

face lift 臉部拉皮

lift 這個字有「上提」的意思，face lift 字面意思是「把臉往上提」，也就是臉皮拉緊、上提，使**皺紋** (wrinkle) 消失。傳統臉部拉皮是一種剝離手術，將臉部皮下軟組織抽離之後，往後拉提並將多餘的皮切掉，再做多層的縫合，手術切口非常大。**電波拉皮** (Thermage [ˋθɜmɪdʒ]) 是一項和拉皮手術有相同效果的療程，藉由無線電波透過高頻率震動，和皮膚產生熱能，使原本鬆弛的皮膚變得緊緻。除了拉皮，施打**肉毒桿菌** (Botox) 也有讓皮膚恢復彈性的效果。其實「肉毒桿菌」的英文為 *Clostridium botulinum*，Botox 只是肉毒桿菌素註冊的商品名「保妥適」，是唯一一個通過美國 FDA 核准用於美容用途的肉毒桿菌素，因廣為人知，而成為「肉毒桿菌」的代名詞。

Juvéderm 喬雅登

玻尿酸 (hyaluronic acid [ˌhaɪəluˋrɑnɪk ˋæsɪd]) 是一種存在皮膚裡能保濕的重要成分，含量會隨著年齡的增加而減少，因而造成皺紋如**法令紋** (smile folds)，或是皮膚粗糙不均的現象。喬登雅是凝膠式玻尿酸的一大品牌之一，施之後會使皮肌膚膨脹，滑嫩且平撫皺紋，常用在豐頰、豐唇、蘋果肌等部位。

abdominoplasty 腹部拉皮

腹部拉皮手術還有個更平易近人的說法，叫做 tummy tuck，tuck 是「塞」，好比進行 tummy tuck 時，要把肚子塞回去。許多中年婦女因生產和歲月的累積，腹部出現妊娠紋和鬆弛現象，abdominoplasty [æbˋdɑmɪnəˌplæsti] 就是將腹部的腹壁筋膜縫緊，使腹部變得緊實。不過最原本的腹部拉皮手術會在肚子的下方留下**疤痕** (scar)，目前最新的微創腹部拉皮手術 (mini abdominoplasty)，可以讓肚子不會因為手術留下醜醜的痕跡。

eyelid surgery 眼皮手術

眼皮手術的內容也是五花八門，其中最常見的就是「**割雙眼皮**」(double eyelid surgery)。

liposuction 抽脂

傳統的抽脂是運用導管將皮下組織的脂肪抽出，屬於破壞性的手術，容易引發出血反應。現今，比起更傳統的抽脂手術，利用震波來破壞脂肪細胞的**雷射抽脂** (laser liposuction) 更為常見。因為雷射抽脂不需要**麻醉** (anesthesia [ˌænəsˋθiʒə])，也不會留下任何疤痕，就能將特定部位如腰、臀或大腿周邊的皮下脂肪溶解，如冷激光溶脂。

breast enlargement 隆乳

隆乳是指將**矽膠** (silicone gel) 塞進胸部底下，使得胸部更豐滿的一種**植入** (implant) 整形手術，一般較口語的說法是 boob job。胸部整形手術除了隆乳之外，還有**縮胸** (breast reduction) 手術。

rhinoplasty 鼻整形

鼻子的整型美容 rhinoplasty [ˋraɪnəˌplæsti] 一般更常稱做 nose job，最常見的鼻整形就是把鼻子墊高，讓「**鼻樑**」(bridge) 更挺。

每個人的鼻子有高有低，因此也有許多不同的稱呼，譬如劉德華的「**鷹勾鼻**」就叫做 hawk nose 或 aquiline nose；「**朝天鼻**」則稱為 turned-up nose。有趣的是，「**高鼻子**」的英文其實是 Roman nose 而非 high nose，「**扁鼻子**」則是 flat nose。其他還有：

- button nose 小圓鼻
- bulbous nose 蒜頭鼻
- Greek nose 希臘鼻
- snub nose 哈巴狗鼻
- strawberry nose 酒槽鼻

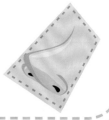

Dieting

節食減肥

說到減肥，很多人（尤其是女生們）都有五花八門的私房祕方和血淚斑斑的心得，人人都有本減肥經可以分享。EZ TALK 現在要來告訴你一些減肥用字和常見的減肥法。

單字朗讀 MP3 34

diet　節食減肥

diet 這個字有「節食，減肥」的意思，所以當你現在正以**節食**來進行減肥計畫，英文就可以說 go on a diet 或是 be on a diet；lose weight 則是說「減輕體重」。

grazing diet　少量多餐飲食法

graze [grez] 意思是**（牛、羊等）吃草**、放牧。牛、羊們總是無時無刻都在吃草，其實是因為牠們每次吃的量都不多，所以休息一會兒之後就會繼續吃，後來 graze 就引申為「少量多餐」的意思。grazing diet 就是每天吃超過三餐以上，但是每一餐的份量都有限制，因餐點的分量小，所以即使吃很多餐也能達到節食的效果。

crash diet　速成減肥法

許多人因為貪快，會採用只吃單一項食物來減肥，像是 grapefruit diet（葡萄柚減肥法）、cabbage soup diet（蔬菜湯減肥法）…等等，但這種類型的減肥法其實非常不健康，營養極度失衡，對長期減重更是一點效果也沒有，還很容易復胖，大家最好避免囉。

vegetarian diet　素食減肥法

只吃蔬菜，不吃魚肉，脂肪的攝取量當然就少多了，再加上蔬菜裡的大量**纖維**(fiber) 和**維他命** (vitamin [ˈvaɪtəmɪn])，對減重也相當有助益，但是記得一定要從豆腐或豆製品中攝取足夠的**蛋白質** (protein [ˈprotin])，除非你是不吃奶蛋類的素食者，就是「**吃全素**」，英文是 go vegan，vegan [ˈvigən] 意思是「嚴守素食主義的人」。

Atkin's diet　阿金減肥法

這種很夯的減肥法是由一位名為阿金的醫生所發明而的，是**低碳水化合物減肥法**（low carb diet，carb 意思是**碳水化合物**，為 carbohydrate [ˌkɑrbəˈhaɪdret] 的縮寫）的一種，主張少吃精緻的碳水化合物，熱量主要是由肉類來攝取，這樣減低或不吃碳水化合物的概念，催生出許多類似的減肥法。但肉類中的**膽固醇** (cholesterol [kəˈlɛstəˌrol]) 及**飽和脂肪** (saturated fat [ˈsætʃəˌretɪd fæt]) 會造成許多副作用，且營養極度不均，長期下來對健康有害，因此這樣的概念雖然受歡迎卻備受質疑。

calorie-counting diet　計算卡路里減肥法

透過計算食物的卡路里來分配一天的餐點，以控制每天攝取的熱量，還能兼顧營養均衡。雖然是需要多花些時間的方法，但許多實行的人都認為有效又健康。

Working Out

健身

現代人不只生活要健康，連體能也都很要求，很多女孩子為了追求身材練出六塊肌和人魚線已經不再是男生的專利，完美，也開始加入健身行列。那麼「六塊肌」和「人魚線」的英文要怎麼說？讓 EZ TALK 來為你解答。六塊肌和人魚線都是腹肌開始練起，腹肌的英文是 **abs**。**六塊肌**你就要說 **six pack abs**，記得不要忘記 pack 喔，six pack 原本意思是說「六罐罐裝啤酒（飲料）」，來形容六塊肌在肚子上的形狀。人魚線則是練出腹肌在腰際間的 V 型線條，因此**人魚線**就叫做 **v-lines**，千萬不要直譯為 mermaid lines 喔！想要有六塊肌還是人魚線嗎？趕快起身，跟我們一起來健身房動一動。　單字朗讀 MP3

staying slim 維持身材

我們常會將 **in shape** 誤用成「身材好」，其實 in shape 說的是「**體適能好**」，就是表示身體處於良好的健康狀況，**stay fit** 也有相同的意思。**維持好身材**的英文，我們會用 slim（苗條的）來形容，你可以說 stay slim 或是 **keep one's figure**，這裡的 figure 指的就是你的身材、體態。

aerobics 有氧運動

aerobics [əˈrobɪks] 為 aerobic exercise 的縮寫，aerobics 一般是指在健身房中的有氧課程，通常會由一名老師帶領一群學員配合著音樂一起做操或跳舞，**循環訓練 (circuit training)** 也是有氧課程中的一種形式，是一整套包含有氧、局部鍛鍊的自訂或教練指定運動流程。更廣義的有氧運動是指任何可以讓你的心跳維持高頻率的運動，如健身房裡使用階梯機、划船機和腳踏車機或者是慢跑、游泳、騎腳踏車等，都符合有氧運動的標準。除了有氧運動之外，健身房還會有像是給人放鬆的瑜伽和能夠伸展筋骨的**皮拉提斯 (Pilates)** 等課程可供選擇。

健身房常見的有氧運動器材

- **treadmill** 跑步機
- **elliptical trainer** 橢圓機
  也稱為 cross trainer，一種模仿行走運動方式的心肺功能訓練機
- **exercise bike** 健身腳踏車
- **stair machine** 階梯機
  又稱做 stepper
- **rowing machine** 划船機
- **ski machine** 滑雪機

weightlifting 舉重

也可稱做 **weight training 重量訓練**。舉重是一項藉由舉起重物的過程中來鍛鍊肌肉的健身運動，能使肌肉變得更壯、更結實，同時被認為是體能訓練中一項重要的項目，口語上也常將**舉重**稱為 **pumping iron**。如果想要用英文來形容一個人「**肌肉很壯**」，可以用 **ripped** 或者也能說 **cut**，而 get ripped 則是在說「**讓肌肉結實，變壯**」。

健身房常見的重量訓練器材

- **free weights** 自由重量訓練器材
  包含 dumbbell（**啞鈴**）、barbell（**槓鈴**）及 kettlebell（**壺鈴**）等，讓使用者能自行決定訓練位置的活動式器材
- **weight machine** 重量訓練機
  針對特定部位訓練而設計的機器
- **multi-station gym** 多功能重量訓練機

at the gym

1

pull-up 引體向上
鍛鍊背闊肌。類似的運動
還有 chin-up，差別在於要
掌心朝自己握桿，將身體
拉上至下巴高過橫桿

2

pull-down 頸後下拉
鍛鍊背闊肌

6

chest fly 飛鳥
模擬鳥類翅膀拍合的動作，斜躺向前方合攏雙臂
可鍛鍊胸大肌、二頭肌、及肩部、三角肌；立姿
可鍛鍊肩部三角肌，稱做 shoulder fly。

7

**leg extension
腿彎舉**
鍛鍊四頭肌。
機械式重力訓練，
採坐姿，以小腿前
側抬舉重物，訓練
大腿力量

**back extension
背部伸展運動**
鍛鍊下背部。腿部
定，採俯臥姿勢上半
懸空，以背部力量將
身抬起

squat 蹲踞
主要訓練大腿、髖
部、及臀部，強化
膝關節的力量

11

**shoulder press
肩上推舉**
主要訓練肩部。
也稱為 overhead
press

12

leg press 腳蹬
訓練下半身的力量，尤其
是膝蓋到髖部這一段

13

14

**calf raise
小腿運動**
藉盡量抬高腳跟、
拉大腳踝旋轉的角
度訓練小腿肌肉

練出魔鬼身材！

句型 I want to build up my _____.
我想要練出……（的肌肉）。

句型 I want to work on my _____.
我想要鍛鍊……。

① **delts** 三角肌（肩部）
全名為 deltoid [ˈdɛltɔɪd]

② **chest** 胸部

③ **pecs** 胸大肌
全名為 pectoral [ˈpɛktərəl]

④ **abs** 腹肌
全名為 abdominal [æbˈdɑmənəl]

⑤ **back** 背部

⑥ **traps** 斜方肌（肩頸部）
全名為 trapezius [trəˈpiziəs]

⑦ **lats** 背闊肌（下背部）
全名為 latissimus dorsi [ləˈtisəməs ˈdorsaɪ]

⑧ **biceps** 二頭肌（上臂內側）

⑨ **triceps** 三頭肌（上臂外側）

⑩ **forearms** 前臂

⑪ **quads** 四頭肌（大腿前方）
全名為 quadricep [ˈkwɑdrəsɛp]

⑫ **hamstrings** 大腿後側肌群

⑬ **calves** 小腿

⑭ **glutes** 臀大肌
全名為 gluteus [ˈglutiəs]

3

step up 登階運動
增強心肺適能的有氧運動。踏板（step，或稱platform）可依所需運動強度調整高度

biceps curl 二頭肌彎舉
鍛鍊二頭肌

5

leg curl 俯臥式腿彎舉
鍛鍊大腿後側肌群

4

bench press 仰臥推舉
主要訓練胸大肌、三角肌、及三頭肌

9

10

dead lift 硬舉
全身協調的重量訓練

at home

5、16

crunch 踡上運動
鍛鍊腹肌。類似仰臥起坐，但膝蓋彎曲，上身只抬起約四十五度，而非完全坐起

18

push-up 伏地挺身
鍛鍊胸大肌、三頭肌。也稱為 press-up（英式英文）

sit-up 仰臥起坐
鍛鍊腹肌及髖關節肌肉群

jumping jacks 開合跳
雙腳張開時，雙手在頭上方合拍；雙腳併攏時，雙手放下貼在大腿外側的交互動作

17

lunge 弓箭步
鍛鍊四頭肌及臀大肌

19

3
8
2
4
10
11
13

1
9
6
14
7
12

棒球
Baseball

Baseball Glossary 棒球術語

棒球裡頭其實有很多專業用語,和我們一般熟知的英文意思不太一樣,想要自己看懂美國職棒的轉播賽,讀完這些馬上搞定!

- **inning** (棒球)局

英文的棒球局數要用 inning [`ɪnɪŋ] 這個字,至於**第某局上半和下半**,我們會和 top、bottom 來連用,變成「top/bottom of the 局數(序數)(inning)」。因此,第五局上半就要說「top of the fifth (inning)」,下半就會說「bottom of the fifth (inning)」。

- **pitcher** 投手

投手的角色還能再做細分,像是先發投手、中繼投手…等等。**先發投手** (starting pitcher) 是指球賽中第一位上場的投手,通常被認為是球隊勝敗的關鍵,負擔的局數也會比較多,當先發投手投完整場賽局沒有失分的情況,就是我們常說的「完封」,英文是 shutout。當然,並不是每一個先發投手都會投完整場球賽,會需要其他接替的投手,就稱做「**中繼投手**」(relief pitcher),他們熱身的地方稱之為「**牛棚**」(bull pen)。

- **strike** 好球

一般來說,好球是指投手投出的球通過**好球帶** (strike zone),或是打者已做出揮棒動作,不論是否觸到球,全都算是好球,因此打者需要培養選球出擊的能力。有好球當然也會有壞球,**壞球**就是指投出的球未落在好球帶裡,英文是 ball。有時因戰術上的需要,投手會故意投出四壞球將打者**保送** (walk) 上壘,原因有很多種,可能是這名打者的打擊率很高,不讓他有打擊得分的機會;或者是將其保送上壘,可以在下一棒製造出**雙殺** (double play) 的機會。另外,投手若投出**觸身球** (hit by pitch),打擊者也能直接保送一壘。

- **out** 出局

出局就是進攻方的球員失去打擊和跑壘的機會,出局的原因也有好幾種,比如三振、接殺或觸殺…等等。**三振出局** (strike out) 是指打者在經主審判定對手投出第三個好球之後,失去打擊的機會而出局。**觸殺** (tag out) 則是指防守方持球,並碰觸到未到壘上的跑壘者,有時跑壘員為了防止被觸殺,便會低身以滑行方式上壘,就稱做**滑壘** (slide)。接殺是當打者擊出易被接住的**高飛球** (fly ball),在落地之前直接落入防守方的手套中,而出局的情形,英文是 fly out。**封殺** (force out) 是當球打擊出去時,打者成為跑壘員,使得壘上的防守員必須強迫進壘,但球已經先到壘上,因此防守跑壘員無法至下一壘,也無法回去原本的壘上。還有一種出局狀況叫做刺殺,當擊出的為滾地球,且被投手接去並傳入即將上壘的壘包,打擊者即被**刺殺**,英文是 ground out 或 ground ball。

- **pickoff** 牽制成功

牽制 (pickoff attempt) 是當跑壘者距離壘包過遠或有**盜壘** (steal) 企圖時所採取的動作,若此時的跑壘員因投手投出的牽制球而出局,就是牽制成功。

- **hit** 安打

安打是指打者將球擊到界內,使自己能安全上壘,可依壘數分為:**一壘安打** (single)、**二壘安打** (double) 和**三壘安打** (triple)。在棒球中使用的數據為「安打數」。另一個和安打相關的數據是**長打率**(SLG,為 slugging percentage 的縮寫),就是指打出的安打中,壘數大於一壘的數據。另外,打者若是將球擊出界外,則會形成**界外球** (foul)。

- **run** 得分

run 是在說當球員跑完三個壘包,返回本壘得分這件事。**全壘打** (home run) 即為 run 的一種,也可稱做 homer。

- **bunt** 短打,觸擊

短打是指打者不以揮棒方式擊球,而是有意用球棒輕觸擊球,形成內野球。採用此戰術主要是為了將壘上的跑者推進下一個壘包,若是**滿壘** (bases loaded) 狀態,短打更可以為己隊爭取得分。

- **RBI** 打點

為 runs batted in 的縮寫,是指打者讓壘上跑者或是打者自己回本壘得分的統計數據。

- **AB** (at bat) 上場打擊次數
- **BA** (batting average) 打擊率
- **OBP** (on base percentage) 上壘率
- **ERA** (earned run average) 防禦率

棒球球員及裁判位置

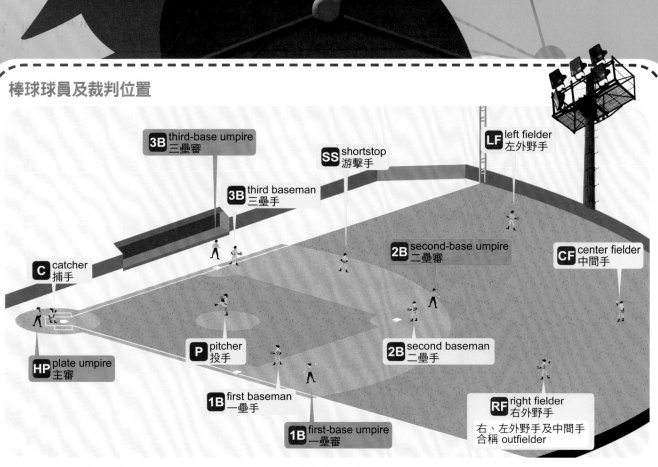

- **3B** third-base umpire 三壘審
- **3B** third baseman 三壘手
- **SS** shortstop 游擊手
- **LF** left fielder 左外野手
- **2B** second-base umpire 二壘審
- **CF** center fielder 中間手
- **C** catcher 捕手
- **HP** plate umpire 主審
- **P** pitcher 投手
- **2B** second baseman 二壘手
- **1B** first baseman 一壘手
- **RF** right fielder 右外野手
- **1B** first-base umpire 一壘審

右、左外野手及中間手合稱 outfielder

- infield 內野場，又稱做 diamond，baseball diamond 常用來指棒球場
- outfield 外野場

Baseball Equipment　棒球用具

棒球員因在球場上的守備位置不同，身上而有不同的裝備。像是**捕手專用的防護面罩**叫做 catcher's mask，batting helmet 則是**給打擊者所戴的頭盔**，一般的**棒球帽**稱做 baseball cap。連棒球手套都大有學問，mitt 是給捕手和一壘手專用的**手指相連的手套**，glove 則是**所有防備球員所配戴的棒球手套**。

- **mitt and catcher's mask**

- **batting helmet**

- **glove**

- **baseball cap**

Louisville Slugger 路易斯威爾

路易斯威爾是美國知名的球棒品牌，由 Hillerich & Bradsby Company 所製造，專門為打者製做出專屬的球棒 (bat)，許多明星球員都是它的愛好者。

認識美國職棒

美國職棒大聯盟（Major League Baseball，簡稱 MLB），成立於一八六九年，分為「美國聯盟」(American League) 及「國家聯盟」(National League)，其中包含美國（二十九隊）及加拿大（一隊）的棒球隊伍。自二〇一三年球季開始，休士頓太空人 (Houston Astros) 從國聯中區轉到美聯西區，以平衡兩個聯盟的隊伍數。每個球隊所屬的球團 (club) 旗下還會有小聯盟（Minor League Baseball，簡稱 MiLB）球隊。

美聯及國聯球賽的打法及規則大致相同，唯一的差別是美聯採用指定打擊 (designated hitter)，即投手不必上場打擊，由指定打擊者上場。

American League (AL) 美國聯盟
各區隊伍及其主場

West Division 西區	1 Los Angeles Angels of Anaheim (LAA)	洛杉磯天使隊
	2 Oakland A's (OAK)	奧克蘭運動家隊
	3 Seattle Mariners (SEA)	西雅圖水手隊
	4 Texas Rangers (TEX)	德州游騎兵隊
	5 Houston Astros (HOU)	休士頓太空人隊
Central Division 中區	6 Chicago White Sox (CWS)	芝加哥白襪隊
	7 Cleveland Indians (CLE)	克里夫蘭印地安人隊
	8 Detroit Tigers (DET)	底特律老虎隊
	9 Kansas City Royals (KC)	堪薩斯皇家隊
	10 Minnesota Twins (MIN)	明尼蘇達雙城隊
East Division 東區	11 Baltimore Orioles (BAL)	巴爾的摩金鶯隊
	12 Boston Red Sox (BOS)	波士頓紅襪隊
	13 New York Yankees (NYY)	紐約洋基隊
	14 Tampa Bay Rays (TB)	坦帕灣光芒隊
	15 Toronto Blue Jays (TOR)	多倫多藍鳥隊

National League (NL) 國家聯盟
各區隊伍及其主場

West Division 西區	16 Arizona Diamondbacks (ARI)	亞利桑那響尾蛇隊
	17 Colorado Rockies (COL)	科羅拉多落磯隊
	18 Los Angeles Dodgers (LAD)	洛杉磯道奇隊
	19 San Diego Padres (SD)	聖地牙哥教士隊
	20 San Francisco Giants (SF)	舊金山巨人隊
Central Division 中區	21 Chicago Cubs (CHC)	芝加哥小熊隊
	22 Cincinnati Reds (CIN)	辛辛那提紅人隊
	23 Milwaukee Brewers (MIL)	密爾瓦基釀酒人隊
	24 Pittsburgh Pirates (PIT)	匹茲堡海盜隊
	25 St. Louis Cardinals (STL)	聖路易紅雀隊
East Division 東區	26 Atlanta Braves (ATL)	亞特蘭大勇士隊
	27 Florida Marlins (FLA)	佛羅里達馬林魚隊
	28 New York Mets (NYM)	紐約大都會隊
	29 Philadelphia Phillies (PHI)	費城費城人隊
	30 Washington Nationals (WAS)	華盛頓國民隊

The Exciting World of Auto Racing

單字朗讀 MP3 37

F1 賽車

F1 (Formula One)即「一級方程式賽車賽」，始於一九○六年的歐洲，而從一九五○年國際汽聯(FIA)第一次舉辦世界**錦標賽**(F1 Drivers' World Championship)至今的漫長歲月裡，F1 得到了成熟而穩健的長久發展。

F1 賽車的最大特點就是**輪胎外露**(open-wheeled)的**單座椅**(single-seat)車型，在二十世紀後半期成為國際上最流行的賽車運動。所謂方程式，是指競賽的一種規定，即賽車要根據各種標準進行設計和製造，而一級方程式就是各種方程式的集合體，是賽車中最高規格的賽車，也是全球所有**賽車手**(racecar driver)和車迷夢想中的殿堂，同時也是**大賽獎**(Grand Prix)之一。

而這項賽事除了是車手的競賽外，知名房車製造業者也會競爭冠軍，例如 McLaren、Ferrari 和 Lotus 都是品質的保證。通常每個星期五都有**自由練習**(free practice session)的時間，隔天會進行**排位賽**(qualifying session)，決定每個車隊出發的順序。

每年約有十支車隊參賽，經過十六至二十站的比賽，來競爭年度總冠軍的寶座。由於 F1 的年度支出總額高達數十億美元，其商機顯而易見，從而吸引了**贊助商**(sponsor)的巨額投資和製造商的海量預算。車迷所欣賞到的 F1比賽可以說是集高科技、團隊精神、車手智慧與勇氣的集合體。

NASCAR 賽車

雖然講到「**賽車活動**」(auto racing)總是讓人會馬上想到 F1，但其實在北美洲最受歡迎的是 NASCAR。NASCAR 是 National Association for Stock Car Auto Racing（美國改裝房車競賽協會）的縮寫，**stock car**原本是說「**原廠汽車**」，現在則是指「**原廠房車改裝的賽車**」，有別於專為比賽而製造的車（如 F1 賽車）。NASCAR此比賽是由美國當地及國際大大小小的競賽所組成，大致可分為普通車改裝的賽車和**卡車賽**(truck racing)兩種，特色是前頭有僅帶頭行駛但不參加比賽的**定速車**(pace car)，以及車隊除了在星期天比賽外，整週都會有相關的活動，這就是 race week。同時，NASCAR 也是美國電視轉播收視率第二高的體育競賽，僅次於美式足球。

kart racing 小型賽車

想要體驗自己駕駛賽車感覺的人，可以去玩小型賽車，又稱做**卡丁車**，這種賽車的車子本身叫 go-kart 或 kart。因其場地小，車速也較慢，許多專業賽車手都是從玩卡丁車開始練起的。

finish line
終點線

checkered flag 黑白格旗
表示「比賽結束」

green flag 綠旗
表示「比賽開始」

red flag 紅格旗
表示「比賽中止」

yellow flag 黃格旗
表示「注意危險」

helmet
安全帽

cockpit
駕駛艙

fireproof suit
防火賽車服

turn 過彎

grandstand 看臺

pit lane 維修站

pileup 連環車禍

pole position 竿位
（排位賽後排在第一位起跑位置）

水上
運動

WaterSports

夏日炎炎，想要**消暑** (cool down) 的話，可以到海灘、**水上樂園** (water park) 或跳入泳池中，好好玩玩水，享受一下冰涼的感覺。不過你知道和水上活動相關的英文單字要怎麼說嗎？不知道的話就快來看看吧！ 單字朗讀 MP3 38

banana boat 香蕉船

這是一種沒有裝馬達的船，外型像香蕉一樣的塑膠船，綁在**汽艇 (motorboat)** 後面在水面上拖曳。有時候在前面開船的人會故意想辦法讓香蕉船**翻船 (flip)**，讓乘客感到很刺激，不過通常玩的人都會穿**救生衣 (life jacket)**，所以還算安全。

jet skiing 水上摩拖車運動

水上摩拖車 (jet ski) 又可稱 **personal watercraft**，JetSki 原本是日本知名大廠 Kawasaki 所製造的水上摩托車品牌，後來因為玩這項運動的人很多都用這個牌子，大家便拿它來代稱水上摩托車。jet ski 上面有**引擎 (engine)** 來驅動**水上噴射機 (water jet)**，分成站式和坐式兩種。大部分的國家都需持有**駕照 (license)** 才能玩，甚至還有部份國家把它列為小船來管理。

kayaking 輕艇運動

輕艇 (kayak) 也稱為皮艇，是人類早期的交通工具之一。輕艇的外型源自傳統愛斯基摩人 (Eskimo) 的獸皮艇，比用一整根原木刨出來的**獨木舟 (canoe)** 輕巧得多。kayaking 和 canoeing 的差別在於，kayaking 是用**雙葉槳 (double-bladed paddle)** 於船艇左右兩側分別划水，可以包住下半身的封閉船艇；canoeing 則是使用**單葉槳 (single-bladed paddle)**，在開放式的小船上滑水。

parasailing 拖曳傘運動

一種好玩的帆傘運動，由汽艇藉著繩索牽引著一種叫做**拖曳傘 (parasail)** 的**降落傘 (parachute ['pærə.ʃut])**，使人升到高空中享受刺激感，同時還可以欣賞週遭的美景。必須藉由**拖曳的繩索 (tow rope)** 和汽艇相連，而人身上則綁著與傘相連的**傘帶 (harness)**。

scuba diving
水肺潛水運動

scuba 是 self-contained underwater breathing apparatus 的簡寫，指需自行攜帶**氧氣筒 (scuba tank)** 等**裝備 (gear)** 所進行的潛水活動，可以近距離欣賞各式的海洋生物。

snorkeling 浮潛運動

浮潛是一項不用經過訓練就可以參與的潛水運動，每個人只要戴上帶上**浮潛面罩 (diving mask)**、**呼吸管 (snorkel)** 和**蛙鞋 (fins)** 就能輕輕鬆鬆欣賞美麗的海中世界，由於熱帶地區的海洋物種豐富，所以這項水上活動在那裡也特別盛行。

Surfing 衝浪

衝浪就是**衝浪者 (surfer)** 運用**衝浪板 (surfboard)** 馳騁在迎面而來的海浪上，衝浪板大致分為**長板 (longboard)** 和**短板 (shortboard)**，以及專門讓人趴在板上前進的**趴板 (boogie [ˋbʊgi] board)**。此外你還會需要當你**摔板 (wipe out)** 時，可以幫你找回衝浪板的**腳繩 (leash)**。

衝浪蠟 (surf wax) 是為了要增加板身與人體的**摩擦力 (friction)**，避免滑倒而打在衝浪板上。

還有另外一種不需要任何器具、直接把身體當做衝浪板在水上衝浪的「**人體衝浪運動**」(bodysurfing [ˋbɑdɪ͵sɜfɪŋ])。

swimming strokes 各式泳姿

backstroke 仰式　　**butterfly stroke** 蝶式　　**freestyle** 自由式　　**breaststroke** 蛙式

water polo 水球

也可以叫 water ball，是一種類似球的水中團隊球類運動。比賽時，也會有人擔任**守門員** (goalkeeper)，以射入對方球門次數多的一方為勝。

water skiing 滑水

這項運動多在湖面或河上進行，是一種將**滑水繩** (ski rope) 綁在**汽艇** (powerboat) 後作牽引，使腳踩**水橇** (skis) 的**滑水者** (skier) 被拖行於水面的運動。滑水者必須在水面上完成各種動作，初學者通常會用兩個水橇，有些比較厲害的人可以只用一個水橇。

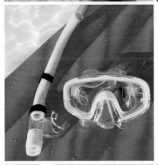

beachwear 海灘服裝

市面上海灘服裝有很多種，以女生的**泳衣** (swimsuit/bathing suit) 來說，一般有**連身泳衣** (one-piece) 以及**比基尼** (bikini)，上面那件叫做 bikini top 或簡稱為 top，下面的褲子則是 bikini bottom 或 bottom。

男生穿的泳褲分為**四角泳褲** (swim trunks) 和**三角泳褲** (speedo)，還有衝浪時會穿的**海灘褲** (beach shorts)。另外，大家去海邊常穿**夾腳拖**，英文是 flip-flops。

高爾夫球
Golf

俗稱為小白球的高爾夫球，是用球桿打進球洞裡的一項戶外運動，大部份為十八洞。因私人高爾夫球場屬於會員制，且會員費用昂貴，常被認為是有錢人的運動。有些想磨鍊球技又不想花大錢的球友，就會到**高爾夫球練習場** (driving range)，那裡有提供專業的教練和揮桿練習的器材可以好好練習。　單字朗讀 MP3 39

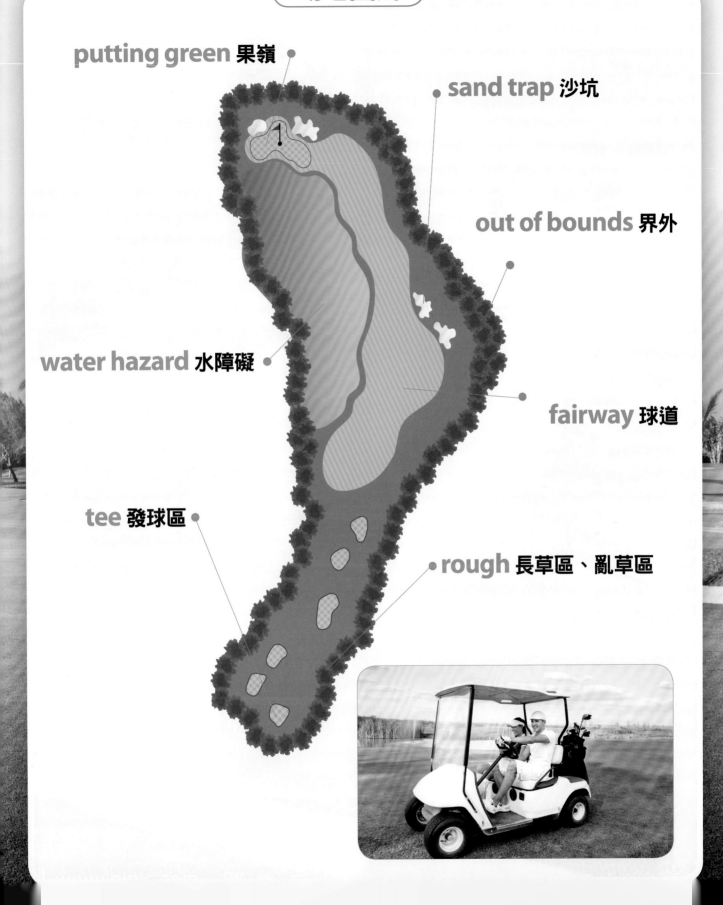

putting green 果嶺

sand trap 沙坑

out of bounds 界外

water hazard 水障礙

fairway 球道

tee 發球區

rough 長草區、亂草區

golf terms 高爾夫球術語

- **grip** 握桿

  握桿是指拿高爾夫球桿的手勢，握桿的控制力道也會影響擊球的好壞。若要說**準備擊球的姿勢**，英文則是 **stance**。

- **stroke** 揮桿擊球

  這是名詞的用法，也可以說 **shot**，「It took you seven strokes to finish the hole.」意思就是「花了七桿打完這一洞」。擊球的方式有很多種，**從球座擊出的第一球**，稱做 **drive**，也就是**開球**的意思。當球越打越靠近果嶺時，擊出 **approach shot**，將球完全攻進果嶺區，approach shot 就是指切上果嶺的短距球，**短切 chip shot** 便為 approach shot 的一種，是輕擊之後低飛再落地開始滾的球。上果嶺之後，目標便是要將球擊入洞裡，**推桿 (putt)** 就是在靠近球洞時，將球輕揮慢慢推進洞裡的揮桿方式。

- **round** 一局

  round 是高爾夫球中的一局，就是打完十八洞，當這局打到只剩下九洞時，稱作**後九洞**，英文稱為 **in**。

- **hole in one** 一桿進洞

  第一發從發球區擊出的球，直接落入果嶺區的洞裡，就稱作**一桿進洞**，也可以說 **ace**。

- **par** 標準桿數

  高爾夫球的每一洞都它自己的基準桿數，就稱做標準桿，所以要說「這一洞標準桿四桿」，英文就是「This is a par four hole.」。千萬不要以為桿數高就比較屬害喔，打出低於標準桿的桿數就表示你在標準內就打完，表現當然是比高於標準桿還優囉！

桿數比標準高或低時，還會有下列這些說法：

- **bogey** 柏忌：高於標準桿一桿
- **double bogey** 雙柏忌：高於標準桿兩桿
- **triple bogey** 三倍柏忌：高於標準桿三桿

- **birdie** 小鳥：低於標準桿一桿
- **eagle** 老鷹：低於標準桿兩桿
- **albatross** 信天翁（雙鷹）：低於標準桿三桿

• handicap 差點

差點的計算是將擊球成績的平均算出之後，在扣除該球場的標準桿，所得的數字。差點代表的個人球技的一種計數，差點越低表示球技越好，也是讓不同程度的打者可以一同競爭的基準，將總桿數扣除差點之後，桿數低的為獲勝者。假設 A 的差點是 25，總桿數為 88 桿；B 的差點為 13，總桿數 78。 以總數減去差點後，A 的 63 比 B 的 65 還低，因此 A 為獲勝者。

• caddie 桿弟，球僮

在**高爾夫球場** (golf course) 都會有桿弟協助背**高爾夫球袋** (golf bag)，幫忙拿高爾夫球桿，有些厲害的桿弟還能不時的給予你專業的建議

club 球桿

高爾夫球桿分為「木桿」(wood) 和「鐵桿」(iron)。木桿比鐵桿還大，桿頭比較圓且桿柄較長，會稱做木桿是因為，從前的桿頭是木頭做的，現在都是以金屬或**復合材料** (composite material) 材質製造；鐵桿較精緻且桿柄較短，桿頭則是用鐵或鋼製做。

因其桿面傾斜角度的不同，又分為不同數字號碼的球桿，數字越低的球桿表示桿面角度約低，桿面越低打出的球距離越遠，準確度也較低。木桿有一號至五號，是非常標準的長距離球桿，通常**開球桿** (driver) 都會選用木桿一號。鐵桿的大小比木桿小，是講求精準度勝於距離的球桿，除了一號到九號，劈起桿 (pitching wedge，簡稱 PW)、沙坑挖起桿 (sand wedge，簡稱 SW) 還有吊高起桿 (lob wedge，簡稱 LW) 全都屬於鐵桿。

世界四大高球公開賽

Masters Tournament 美國名人賽

也稱為 The Masters，每年四月由奧古斯塔球場 (Augusta National Golf Club) 舉辦。依照傳統，勝利者會穿上代表名人賽冠軍的綠色外套。

U.S. Open 美國公開賽

全名為 U.S. Open Championship，由美國高爾夫協會 (USGA) 於每年六月主辦，為了避免某些選手因為熟悉場地而造成比賽不公，故比賽隨機任選美國境內球場作為賽地。

British Open 英國公開賽

正式名稱為 The Open Championship，始於一八六〇年，是四大公開賽中歷史最悠久的賽事，也是唯一在美國境外舉行的高爾夫球公開賽，每年七月由英國的高爾夫球組織 R&A 主辦。

PGA Championship PGA 錦標賽

每年八月在美國舉辦，由於是每年四大公開賽事中最後一項，因此也被戲稱為「光榮的最後一擊」(Glory's Last Shot)。

Basketball
籃球

籃球起源於一八九一年，由美國麻州一位出生於加拿大，後來入美國籍的體育老師詹姆士奈史密斯（James Naismith）發明。因為最初是用裝桃子的籃子 (basket) 進行，所以取名為籃球。兩隊球員可進行**傳球 (pass)**、**投球 (shoot)**、和**運球 (dribble)**，重點就是要將球投入對方球籃得分。　單字朗讀 MP3 40

Basketball Court & Positions
籃球場與球員位置

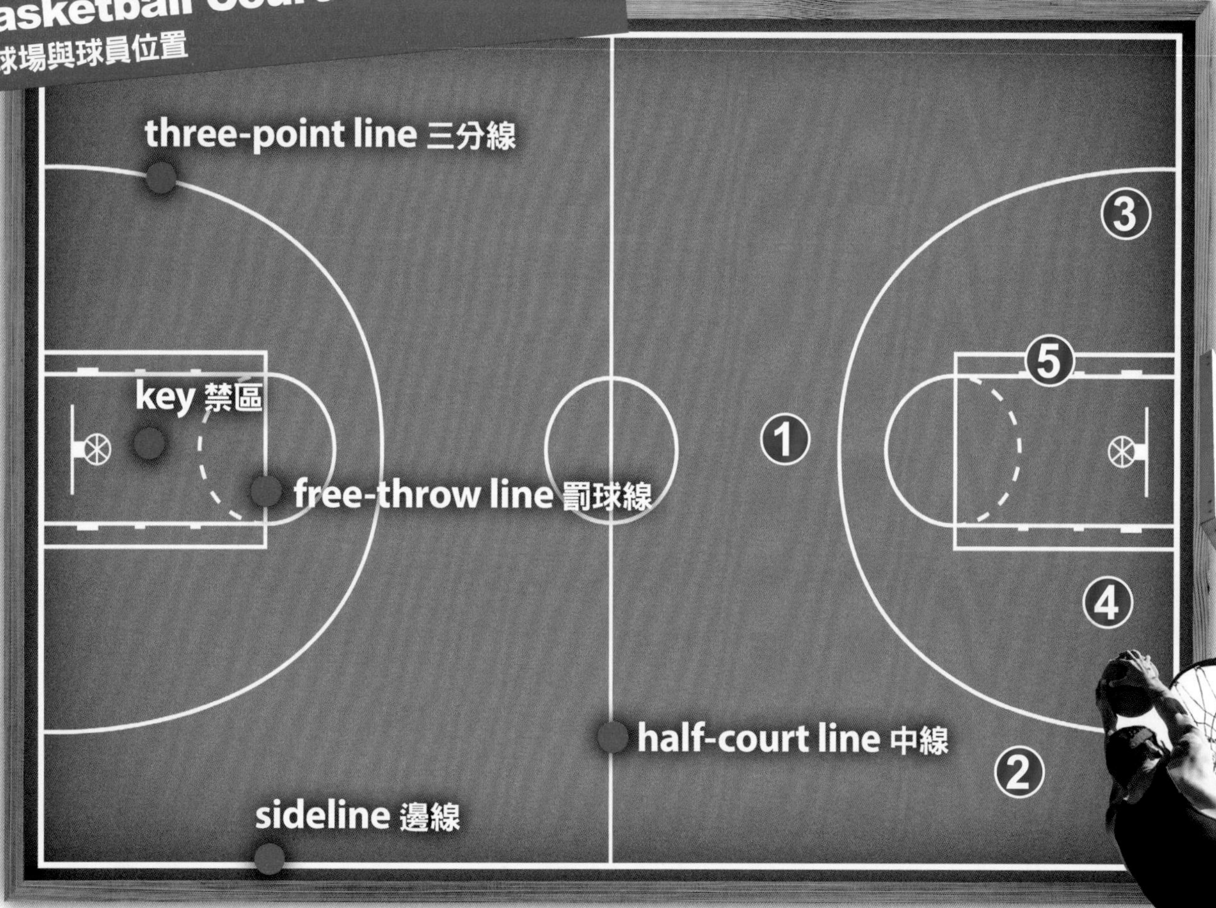

three-point line 三分線

③

⑤

key 禁區

①

free-throw line 罰球線

④

half-court line 中線

②

sideline 邊線

❶ point guard (PG) 控球後衛

播報時稱「一號位置」，為球場主要持球者，負責將球從後場帶到前場，再 傳給其他隊友，因此運球、傳球能力極為重要，還要組織攻勢，讓進攻更為流暢。約翰史托克頓 (John Stockton) 是代表人物。

❷ shooting guard (SG) 得分後衛

播報時稱「二號位置」，以得分為主要任務，是場上僅次於小前鋒的得分手。要擔任這個位置的條件　是外線準、出手速度快、命中率高。麥可喬丹 (Michael Jordan)是代表人物。

❸ small forward (SF) 小前鋒

籃球播報時稱為「三號位置」。小前鋒最重要的工作就是得分，而且是較遠距離的得分。

❹ power forward (PF) 大前鋒

亦稱做 forward，籃球播報時稱為「四號位置」。大前鋒的工作在於**搶籃板**(grabbing rebounds)、**防守**(defense)、**卡位**(boxing out)，而非得分。羅德曼 (Dennis Rodman) 是代表人物。

❺ center (C) 中鋒

籃球播報時稱為「五號位置」。中鋒除了能引導隊友在籃下得分，自己也有得分能力；除了阻擋對方**進攻**(offense)，還能支援隊友防守上的漏洞，因此中鋒無論在進攻或防守上，都是球隊的中樞。張伯倫、賈霸 (Kareem Abdul-Jabbar)、羅素 (Bill Russell)、歐拉朱旺 (Hakeem Olajuwon)是代表人物。

Fouls and Violations
犯規與違例

簡單來說，籃球犯規分為：

personal foul 個人犯規：碰觸對手身體的阻擋拉扯行為

technical foul 技術犯規：違反運動精神的非碰觸犯規

flagrant foul 惡意犯規：違反運動精神的碰觸犯規，常被判立即離場

犯規的次數是有上限的，超過就要被判**罰球** (free throws)，美國 NBA 職籃規定，球員於一場比賽中犯規六次要**犯滿離場** (foul out)。

charging 帶球撞人   **blocking** 阻擋   **pushing** 推擠

holding 拉扯   **hand-checking** 以手推擋進攻者

違例則是違反籃球運動的相關規範，次數不受限制，只計入團體失誤當中。

traveling 走步（或稱 walking）

double dribble 兩次運球

carrying the ball 翻球：運球時手掌朝上持球

shot clock violation 24秒未投籃或碰觸籃框（此為 NBA 規則）

eight-second violation 8秒未將球運過中場（此為 NBA 規則）

three-second violation 籃下3秒

goaltending 空中截球：當籃球向籃框落下或在籃框上面或籃網內時，守方球員觸球或改變球運動的方向

NBA 美國職籃

NBA 的全文是 National Basketball Association（國家籃球協會），但一般直接稱 NBA、美國職籃或 NBA 籃球聯賽，是美國第一大職業籃球賽事。

協會一共擁有三十支球隊，分屬東區聯盟 (Eastern Conference) 和西區聯盟 (Western Conference)，而每個聯盟各由三個**分區** (division) 組成，每個分區有五支球隊。三十支球隊當中只有一支來自加拿大，其餘都位於美國本土。

NBA 正式賽季於每年十一月開打，分為**常規賽 (regular season)** 和**季後賽 (playoffs)** 兩部分。每個聯盟的前八名，包括各個分區的冠軍，有資格進入季後賽。季後賽採用七戰四勝制，共分四輪；季後賽的最後一輪也稱為**總決賽 (NBA Finals)**，由兩個聯盟冠軍爭奪 NBA 總冠軍。

Western Conference 西區聯盟		
Northwest 西北區	Denver Nuggets	丹佛金塊隊
	Minnesota Timberwolves	明尼蘇達灰狼隊
	Oklahoma City Thunder	奧克拉荷馬雷霆隊
	Portland Trail Blazers	波特蘭拓荒者隊
	Utah Jazz	猶他爵士隊
Pacific 太平洋區	Golden State Warriors	金州勇士隊
	Los Angeles Clippers	洛杉磯快艇隊
	Los Angeles Lakers	洛杉磯湖人隊
	Phoenix Suns	鳳凰城太陽隊
	Sacramento Kings	沙加緬度國王隊
Southwest 西南區	Dallas Mavericks	達拉斯小牛隊
	Houston Rockets	休士頓火箭隊
	Memphis Grizzlies	曼斐斯灰熊隊
	New Orleans Pelicans	紐奧良鵜鶘隊
	San Antonio Spurs	聖安東尼奧馬刺隊

Eastern Conference 東區聯盟		
Atlantic 大西洋區	Boston Celtics	波士頓塞爾蒂克隊
	New Jersey Nets	布魯克林籃網隊
	New York Knicks	紐約尼克隊
	Philadelphia 76ers	費城七六人隊
	Toronto Raptors	多倫多暴龍隊
Central 中央區	Chicago Bulls	芝加哥公牛隊
	Cleveland Cavaliers	克里夫蘭騎士隊
	Detroit Pistons	底特律活塞隊
	Indiana Pacers	印第安那溜馬隊
	Milwaukee Bucks	密爾瓦基公鹿隊
Southeast 東南區	Atlanta Hawks	亞特蘭大老鷹隊
	Charlotte Hornets	夏洛特黃蜂隊
	Miami Heat	邁阿密熱火隊
	Orlando Magic	奧蘭多魔術隊
	Washington Wizards	華盛頓巫師隊

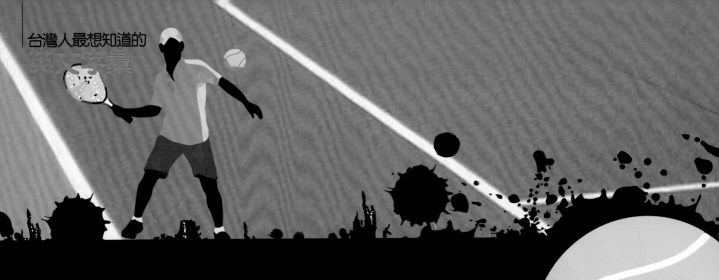

網球
Tennis

單字朗讀 MP3 41

圖解網球

ball 網球
racket 網球拍

Ⓐ **service box** 發球區
Ⓑ **base line** 底線
Ⓒ **net** 球網

© yersinia/flickr.com

chair umpire 主裁判

（比賽間）負責獨立自主地執行該場比賽規則的人，通常坐在網子旁邊高高的椅子上。**裁判** (referee) 則是負責整個賽事規則執行的人，而非僅負責一場網球賽。

© flashstudio/shutterstock.com

網球場地按材料主要分為三種：**硬地** (hard court)、**紅土** (clay court) 與**草地** grass court)。比賽方式分為**單打** (singles) 和**雙打** (doubles) 兩種比賽方式，參賽選手站在球網兩邊，一邊是**發球者** (server)，另一邊是**接球者** (receiver)，在一局比賽結束之後交換發球權。**一場** (match) 網球比賽一般由二至五**盤** (set) 比賽構成，而每一盤又分成至少 6 **局** (game)。

要贏得一局比賽，發球手必須率先贏得至少 **4 分** (point)，並多出對手至少 2 分才行。而網球的記分方式比較特別，並不是得 1 分就記為 1，分別如下記為：

0 分 ▶ love　　　**1 分 ▶ fifteen**
2 分 ▶ thirty　　**3 分 ▶ forty**

用舉例的方式會比較清楚：

例如兩隊打者的比數為 40:30，那再拿下 1 分就贏得這一局，但如果比數為 40:40 的**平分**話，稱為 deuce，需連拿 2 分，才算贏得這一局。而 deuce 後先拿下第 1 分的就稱領先 (advantage，可記做 ad)，若是發球者領先，就叫 ad in，接球者領先則叫 ad out，但如果你本來先取得了 advantage 後，卻又失了一分，那就再回到 deuce，一定要連續拿下 2 分才會拿下這一局。

其他和分數有關的術語還有：

• game point 局點

如上述，你與對手這局的分數到達 40:30，再贏 1 分就贏得這一局，所以你有一個局點，如果分數是 40:15，那就是有兩個局點 (double game point)，而差 3 分就是 triple game point。反過來說，如果這局你是發球者，但你現在的分數落後為 30:40，那對手就有一個**破發點** (break point)，兩個則是 double break point，以此類推。

• set point 盤末點

如果贏得這一局後就可以贏得這一盤，就稱作「盤末點」，同樣地，依差距的分數分為 double set point、triple set point。

• tiebreak 搶七

指在一盤的盤數比來到 6:6 時，為了決定該盤的勝負所進行的一個特殊的局。得分先達到 7 且領先對手 2 分以上者勝出，也就是說如果這裡再打到 6:6，那也要連續得 2 分才能贏得這一盤。

• match point 賽末點

還有幾分贏得這場比賽，就是有幾個賽末點。同樣的，也有 double match point 和 triple match point。

網球術語

© Neale Cousland/shutterstock.com

© Neale Cousland/shutterstock.com

- **serve** 發球

- **ace** 發球得分
  發球進到接球區，而對手連球都沒碰到。

- **let** 觸網球
  指發球觸網後，還落在對方的接球區內，沒有出界，這樣還可以再發一次球。

- **fault** 發球失誤
  發球沒落在接球區內，就是發球失誤，連續兩次發球失誤就叫**雙發失誤** (double fault)，這樣便失去 1 分，也就是對手得 1 分。

- **forehand** 正手握法

- **backhand** 反手握法

- **ground stroke** 落地擊球
  在球落地反彈後立即回擊的擊球。

- **volley** 截擊
  在球未落地前就把球擊回。通常會打到對方追不到的位置，或放小球讓對手無法回擊。

- **smash** 扣殺球
  算是截擊的一種，當對方回球過高時，可以用一種類似發球的動作將球快速擊打回對方場地。

- **drop shot** 放小球
  擊球的力道很輕，使之剛好通過網子上方即立刻下墜的球，常令對方措手不及。

- **passing shot** 穿越球
  從網前對手旁邊通過的一球。

- **lob** 吊高球
  與穿越球相似，只不過球是從頭上躍過。

- **topspin** 上旋球（抽球）
  球呈正旋轉狀。

- **backspin** 下旋球（切球）
  球的底部往下旋轉。

- **unforced error** 非受迫性失誤
  言下之意就是，並不是對手所造成的失分，是因為自己接球或回球時判斷錯誤，而發生失誤或出界而使對手直接得分。發球失誤也算是「非受迫性失誤」。

Grand Slam 大滿貫

原是橋牌術語，用於網球賽時則表示選手在**四大公開賽** (Grand Slam tournaments，也叫做 Majors) 中，囊括四項桂冠殊榮，依獲獎時期不同而分成三類：在同一季贏得四場冠軍賽者，就稱做 Grand Slam 或是 Calendar Year Grand Slam；在不同季贏得四冠軍賽則稱為 Non-Calendar Year Grand Slam，在職業生涯中獲得四場冠軍賽，便稱為 Career Grand Slam。

© Destination Europe/flickr.com

四大公開賽

Australian Open 澳洲網球公開賽

每年的一月在澳洲舉行，是唯一參賽選手必須同時在草地球場跟硬地球場上比賽的賽事。

French Open 法國網球公開賽

每年五月底到六月初舉行的 French Open，也可稱為 Roland Garros Tournament，是四大公開賽中唯一的紅土球場。

Wimbledon 溫布頓網球公開賽

Wimbledon Championships 為 Wimbledon 的全名，大約是每年六月底至七月初舉辦，是四大公開賽中歷史最悠久，也是唯一的草地球場。

U.S. Open 美國網球公開賽

全名為 U.S. Open Tennis Championship 的 U.S. Open 在每年的八月底至九月初舉行，場地為硬地球場，也是四大賽中唯一保持男女同酬獎金制度的賽事。

Extreme
極限
Sports
運動

極限運動泛指各種具高危險性的運動，因九〇年代舉辦的 X Games 才使得這個詞開始普遍，像是**滑翔翼**（**hang gliding**）、**跳傘**（**skydiving**）、**高空彈跳**（**bungee jumping**）、**越野摩托車**（**motocross**）或是**攀岩**（**rock climbing**）和**風箏衝浪**（**kitesurfing**）…等，都是常見的項目。極限運動員的競爭對手並不是其他的參賽者，而是自己該如何面對險峻環境的挑戰，因而稱為「極限」運動。 單字朗讀 MP3 42

free climbing 自由攀岩

屬於攀岩活動的一種，只靠手和身體的力量來攀爬，身上的繩索對於攀岩沒有任何幫助，單純是為了防止不慎墜落所做的**保護措施**（**precaution**）。**free soloing** （**獨攀**）雖然是 free climbing 的一種，但是這兩種攀岩運動其實不大相同。free soloing 的攀岩者身上不會有像 free climber 身上的保護裝備。還有 **bouldering**（**抱石**）也是沒有任何的安全裝備，只是通常會攀爬比較矮的山壁，為確保安全，下方還會鋪著**抱石墊**（**bouldering mat**）。

free-diving
自由潛水

free-diving 是一種無裝備潛水，就是不帶任何一種供氧設備的潛水活動，單純憑藉潛水者的憋氣能力潛入水中。可說是極富挑戰性和危險性的極限運動之一，因為潛入深海後，自由潛水者(free diver) 需要克服深海壓力對人體造成的不適。

paragliding 飛行傘

飛行傘是一項不使用任何機械動力的飛行極限運動，用雙腳起飛與著陸，借用高地地形俯衝的衝力和風力，從**斜坡**(slope)上起飛或者以人力方式牽引，在台灣東部非常盛行。

parkour 跑酷

跑酷此名稱取自 parkour [pɑr`kʊr] 的音譯，有人稱它為 free running、freerun、urban ninja 或是簡稱為 PK，而酷跑玩家則稱為 traceur。這項運動源自於法國，透過網路分享，現已普遍全球。跑酷有別於一般運動，沒有既定的規則也沒有競爭對手，把整個城市當作運動場，恣意穿梭其間，進行跑酷時，必須先克服內心的恐懼以主宰心智，並透過敏捷的速度來增進自身的應變能力，對於初學者來說是項困難的考驗。跑酷常見基本運動有**翻滾**(roll)、**著地**(land)、**保持平衡**(balance)、**交叉跳躍**(tic tac)、**大跳躍**(gap jump)、**走壁**(wall run)、**貓式跳躍**(cat leap)、**掌心翻轉**(palm spin)、**星星跳躍**(kong vault)。

BASE jumping
定點跳傘

定點跳傘是一項非常危險的極限運動。參與者從高樓、高塔甚至是**懸崖**(cliff)跳下時，身上的降落傘會打開，讓他們可以安全著地。BASE是四種可以執行跳傘的場地類型的縮寫：**建築物**(building)、**天線**(antenna)、**橋墩**(span)以及**各種高峻的地形**(earth)如懸崖。

火山、地震與溫泉
Volcanoes, Earthquakes and Hot Springs

火山是地下深處的高溫**岩漿**(magma)及其有關的氣體、碎屑從**地殼**(Earth's crust)中**噴發**(erupt)所形成，依活躍的程度可分為**活火山**(active volcano)、**休眠火山**(dormant [ˋdɔrmənt] volcano)和**死火山**(extinct [ɪkˋstɪŋkt] volcano)。火山活動可能會帶來**地震**（earthquake，也可簡稱為 quake，還可叫 temblor [ˋtɛmblər]）等自然災害，但也可能帶來好處，例如形成溫泉和**地熱能源**(geothermal [͵dʒioˋθɜməl] energy)。以下就稍稍帶大家認識一下這些自然現象的相關單字。

單字朗讀 MP3 43

Volcano Diagram 圖解火山構造

pumice 浮岩

pumice [`pʌmɪs]（浮岩）也叫浮石，是當火山爆發時，噴發而出的熔岩因溫度和壓力急速下降所產生的玻璃質岩石。由於常常佈滿著**氣孔**(vesicle)，所以**比重**(specific gravity)小，丟進水裡也會浮在水面，而得其名。除了可製成**混凝土**(concrete)使用於建築上，在美容方面也可以用來**去角質**(exfoliate [ɛks`foli͵et])及磨掉腳跟的死皮。

1 volcanic crater 火山口
火山活動所造成的火山頂部環形凹陷區域，較大的火山口有可能成為盆地地形或積水成湖。

2 vent 火山通道噴發口
是地下的岩漿或其它其他固體、氣體的噴發口。

3 cone 火山錐
指火山噴發物在通道口堆積而成的錐形山丘。

4 magma 岩漿
因高溫而熔化成液體狀的岩石，溫度可達攝氏七百到一千兩百度之間。一般來說，當岩漿冒出地表後，被稱為**熔岩**(lava)。

5 tephra 火山碎屑
火山噴發造成的固體噴發物，是由**礦物**(mineral)所組成。直徑不超過二釐米稱為**火山灰**(volcanic ash)，較大的稱為**火山礫**(lapilli)及**火山彈**(volcanic bomb)

6 pyroclastic flow 火山碎屑流
pyroclastic flow [͵paɪrə`klæstɪk flo] 是指火山噴發時，常伴隨著由極高溫的氣體及其他固體（如碎屑及岩石）所組成的火山碎屑流隨著山坡的坡度滾滾而下。噴發速度很快，破壞性大，常來得又急又快，使人躲避不及。

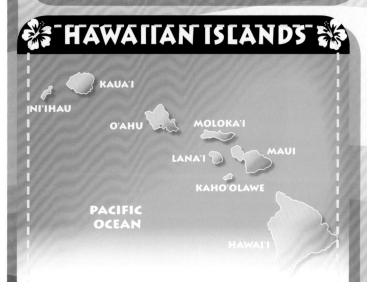

hotspot 熱點

地球的**板塊**(tectonic plate)運動與火山的形成息息相關。不同的板塊運動會形成不同的火山類型，熱點則是其中一種火山形成的原因。熱點是**地函**(mantle)物質熔化，經由一個通道從地函層上移至地殼，而在地殼留下的一道**裂縫**(rupture)。當板塊在裂縫上方平行移動時，底下熱點的岩漿不斷往上噴發，將地面往上頂而隆起形成火山，最有名的例子就是夏威夷群島(Hawaiian Islands)，各島嶼的形成來自地表下三公里的熔岩庫，八千多年來太平洋板塊下的熱點不斷噴發，熔岩不斷累積，最後突出海面，形成各個火山島嶼。

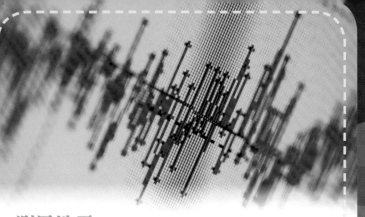

測量地震

地殼快速釋放能量過程中造成的震動，期間會產生**地震波**(seismic wave [`saɪzmɪk wev])，其中地震波又分為 S 波及 P 波。地震可用**地震儀**(seismograph)來測量，地震的**震級**(magnitude [`mæɡnɪ,tud])，也就是地震規模，通常以芮氏地震規模(Richter scale)來表示，代表由**震源**(hypocenter [`haɪpə,sɛntə]，或稱**focus**)釋放出來的能量大小；地震**強度**(intensity)則透過修訂麥加利地震列度表(Modified Mercalli scale)來表示，為地殼運動的猛烈程度，是由震動對個人、傢具、房屋、地質結構的影響來斷定。

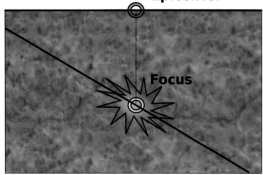

Epicenter

Focus

震源在地表的投影點稱為**震央**(epicenter [`ɛpə,sɛntə])。

前震和餘震

在主要地震發生之前，有時會先發生若干次小地震，就叫**前震**(foreshock)；**餘震**(aftershock)則是在主要地震之後發生的若干次小地震。

常見的溫泉及功效

- mud spring **泥泉**
  拿來敷在皮膚上能養顏美容，台灣的關子嶺即為全台唯一的泥泉。

- sulfur spring **硫磺泉**
  有軟化皮膚角質、舒緩皮膚不適等功能。不過刺激性較強，敏感體質或年長者浸泡時需特別注意。

- salt water spring **鹽泉**
  能改善**糖尿病**(diabetes)和腸胃相關疾病。

泡溫泉相關用字

- private bath 個人湯屋
- nude bath 裸湯
- public bath 大眾池
- water jets 水柱按摩
- cypress bath 檜木湯屋
- open-air bath 露天溫泉
- sauna 烤箱三溫暖
- fish spa 溫泉魚療

Global Warming

全球暖化

由於**溫室效應** (greenhouse effect) 的關係，科學家發現近五十年內**氣候變遷** (climate change) 日趨嚴重，若不趕快解決這個問題，全球都會陷入嚴重的困境。不過該議題也出現不少爭議，有人指出其實全球暖化是由太陽活動加強而引起，而不是人為因素所造成，政府之所以不斷炒作該議題，背後其實帶有政治操作的意味。無論如何，這個現象都值得大家注意，以下就帶各位認識一下這個議題中常出現的辭彙吧！ 單字朗讀 MP3 44

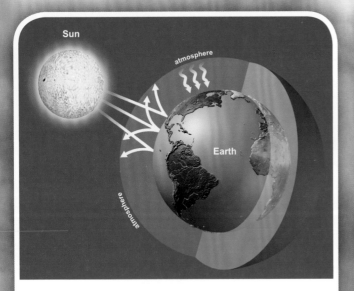

atmosphere 大氣層

大氣層是指圍繞在行星周圍的一層氣體，每個行星大氣的組成不同，而地球大氣層的作用在於提供多數**有機體** (organism) 呼吸用的**氧氣** (oxygen [ˈɑksədʒən]) 以及植物行**光合作用** (photosynthesis [ˌfotəˈsɪnθəsɪs]) 所需的二氧化碳，同時也保護生物免於太陽**紫外線** (ultraviolet ray) 的傷害。

greenhouse gas 溫室氣體

太陽的能量會以輻射的形式穿越大氣層向地表傳送，而溫室氣體分佈於地球大氣底層，能夠吸收地表散發出來的**輻射熱** (thermal [ˈθɜməl] radiation)，再將所吸收的熱傳回地表。若是缺少溫室氣體，地球表面溫度估計會比現在低**攝氏** (Celsius [ˈsɛlsiəs]) 三十三度。但反之，若是溫室氣體過多，則會促發全球暖化。

溫室氣體最主要成分為：

- **water vapor** [ˈwɑtɚ ˈvepɚ] **水蒸氣**
- **carbon dioxide** [ˈkɑrbən daɪˈɑksaɪd] **二氧化碳**
- **methane** [ˈmɛθen] **甲烷**
- **nitrous oxide** [ˈnaɪtrəs ˈɑksaɪd] **氧化亞氮 (笑氣)**
- **ozone** [ˈozon] **臭氧**

fossil fuel 溫室氣體

天然資源中的化石燃料包括**煤碳** (coal)、**石油** (oil) 和**天然氣** (natural gas) 等。雖然燃燒石化燃料會產生**能量** (energy)，提供運轉機器的動力，但光中的**紅外線** (infrared radiation [ˌɪnfrəˈrɛd ˌrediˈeʃən]) 會被吸收，熱能也會被鎖起來，使大氣**溫度** (temperature) 增高。

rising sea levels 海平面上升

這個現象是指因全球暖化後，由於**冰原** (ice sheet) 和**冰川** (glacier [ˈgleʃɚ]) 的融化而造成海平面上升。科學家預計海平面上升將對主要的沿海城市、島國和人口密集的**三角洲** (delta) 造成破壞性的影響。

eco-hut 生態小屋

eco-hut 是指利用自然素材像是竹子、木頭…等等來搭建的小屋，有些甚至還會裝上**太陽能板** (solar panel) 以達到節能的效果。

green energy 綠能

green energy 是**永續能源** (sustainable energy) 的一種，指對環境無害的能源，像是地熱能、太陽能、風力和水力。這些綠能大多都是**可替代能源** (alternative energy) 或**再生能源** (renewable energy)，由於排碳量較少及低環境污染，所以被稱為「綠色能源」，通常都使用在**發電** (power generation) 上。

carbon footprint 碳足跡

碳足跡說的是一個產品、組織或活動溫室氣體的總**排放量** (emissions [ɪˈmɪʃənz])，原本是指生態足跡 (ecological footprint)，但為了簡化其概念以利宣導，經常只以二氧化碳排放量來計算，因此稱做 carbon footprint。

eco-friendly 環境友善

eco 意指生態環境，為 ecology [ɪˈkɑlədʒi] 的縮寫，而 eco-friendly 則為形容詞，指「對環境有益的」，意即「**環保**」，也可說為 environmentally friendly 或 green。

green technology 綠色科技

為追求永續發展為目標而發展出的技術，包括資源回收處理、污水處理技術和開發其他再生能源…等，同時也致力於能源保護，降低對環境造成的傷害。而**綠色形象** (green image) 則代表企業致力提倡的環保形象。

The Polar Regions

極地

地球兩極附近的地區就稱做極地，

分為**北極 (the Arctic [ˋɑrktɪk])** 和**南極 (the Antarctic [ænˋtɑrktɪk])**，皆有大量的冰層存在。極地畫分的標準有很多，一般指的是**北緯 (north latitude)** 六十度以北的地區；而南極則普遍被定義為**南緯 (south latitude)** 六十度以南的地區，或為南極大陸。

因為極地離**赤道 (equator)** 較遠、陽光射向極地的角度較為傾斜，所以極地區域接受到的陽光較少，又因為陽光穿梭大氣層的路程較長，能量較易流失，故極地的氣候比地球大部分的冬天更為嚴寒。 單字朗讀 MP3 45

Arctic 與 Antarctic 怎麼記？

Arctic 源自希臘文的熊 (arktos)，指的是天上的**小熊星座**（**Ursa Minor**，Little Bear 的意思，中文星象稱做北斗七星），而位於小熊尾巴的就是**北極星** (**Polaris**)。如此一來，大家應該就很容易記住 Arctic 是「北極（的）」，而 **Antarctic** 其實就是 anti-（對立，反）加上 arctic，北極正對過去當然就是「南極（的）」囉。

另外，Antarctic 和 Antarctica 這兩個字也很容易搞混。**Antarctica 是指「南極洲」**這塊世界第五大陸，你只要記得世界各大洲亞洲 (Asia)、非洲 (Africa)、北美洲 (North America)、南美洲 (South America) 都是 a 字尾，就不會搞混 Antarctic 和 Antarctica 這兩個字啦。

ice age 冰河時期

ice age 是指地球表面及大氣長期低溫的期間，長期低溫的結果是兩極**冰帽 (ice cap)** 及大陸的**冰河 (glacier)** 面積擴大。地球生命史中不斷有冰河時期發生，我們一般所指的冰河時期是距今約兩萬年前達到最高峰的那一次，當時北美洲及歐陸大部分面積都被冰帽覆蓋。

Aurora Borealis 極光

Aurora Borealis [əˋrɔrə ˏboriˋælɪs] 俗稱 Northern Lights，出現於圍繞地球磁極（南極和北極）的環狀地帶。極光的產生來自於太陽釋放出來的帶電粒子流（又稱做**太陽風 solar wind**），地球磁場將其一部份集中於南北極，與極地大氣層的各個氣體產生撞擊，帶電粒子瞬間釋放出能量，便以各種不同顏色的極光呈現。在太陽系中，除了地球之外，具有磁場的某些星球像是木星和土星…等等，也都有出現極光。

tundra [ˈtʌndrə] 是分佈在南、北極和高**海拔** (altitude) 地區的生態群落，受到氣候嚴寒的影響，這種地方的土壤長期冰凍，稱為**永久凍土** (permafrost [ˈpɜməˌfrɔst])，使得樹木難以生存，只有稀疏的**灌木** (shrub)、野草和**苔蘚** (lichen) 能夠生長，因此也稱做「苔原」。

北極凍原的動物主要為：

北美馴鹿 (caribou)

北極雪兔 (arctic hare)

麝香牛 (musk ox)

北極雪狐 (arctic fox)

雪鴞 (snowy owl)

北極旅鼠 (lemming)

南極洲因為跟其他大陸相隔極遠，陸地哺乳動物無法抵達，因此當地只能見到這兩種海洋動物，如下圖：

海豹 (seal)

企鵝 (penguin)

Marine Mammals
海洋哺乳類動物

海洋哺乳動物是指一些需要長時間生活在海裡或是需要靠海洋中的資源為生的哺乳動物。其中有部分是需要間歇性到陸地上休息或**繁殖**(reproduce)，有些則可以一直待在水中。主要以這四大類為主，有海牛目的海牛跟儒艮、食肉目的北極熊和海獺、鰭足目的海獅海豹及海象以及所有的鯨豚類動物。 單字朗讀 MP3 46

海牛目

manatee 海牛

又稱為 sea cow 的 manatee [ˋmænəˌti] 是一種大型海洋哺乳動物，牠有著易於**抓取**(prehensile)食物的上唇，和外型像是船槳的寬扁**尾鰭**(tail fin)。平均每二十分鐘浮到水面上呼吸一次，其他時間大多都在水面下進食，以吃各類水生植物為主。海牛在視覺和聲音識別方面的智力與海豚相當，可以藉由發出不同聲音來與同伴溝通。

dugong 儒艮

dugong [ˋdugɑŋ] 生活在印度洋與太平洋地區間溫暖的沿海地帶，和海牛屬於同一目，長的很像，不同的地方在於，儒艮的尾巴是狀似海豚的 Y 型尾鰭。儒艮又稱做「**美人魚**」(mermaid)，傳說有水手曾在海面上看到露出半身的儒艮媽媽餵食寶寶的樣子，和人類很像，因此才有這個稱呼。

鰭足目

sea lion 海獅

海獅主要分布在北太平洋和南極水域，外耳廓(external ear flaps)的長相，成為和海豹區分的特徵之一。後腳能向前彎曲的特點，使牠能在陸地上靈活行走。海獅的聲音和獅子很像，因而得此名。

seal 海豹

海豹大多時間都待在海裡，只有在休息、**交配**(mating)或生產時才會回到陸地，剛出生的**小海豹**(seal cub)因身體虛弱，大部份都會待在岸上，常常成為掠食者的目標。海豹的頭圓頸短，在路地上只能爬行，不能行走，這點和海獅、海象很不同。

walrus 海象

walrus [ˋwɔlrəs] 身體龐大，皮厚而多皺，兩支**長牙**(tusk)是牠最大特徵。體重重達一千三百公斤左右的海象，看似身體笨重，其實非常十分靈巧，牠的長牙更是覓食的得力工具，可以翻掘泥沙、咬碎貝類的硬殼。人類為了取得**海象牙**(walrus ivory)和**鯨脂**(blubber)而大肆獵殺，導致海象的數量越來越稀少。

食肉目

sea otter 海獺

大部份的時間都待在海中的海獺，除了潛入海床覓食外，牠們經常腹部朝上、躺在海面睡覺或整理毛皮。因為除了鼻尖與腳掌，全身都被濃密的毛覆蓋著的海獺，需要保持毛皮的清潔，才能發揮調節體溫與防止熱量散失的功能。除此之外，海獺在海底捕獲**海膽**(sea urchin)、**螃蟹**(crab)或**蚌類**(mussel [ˋmʌsəl])後，還會用牠圓圓的前掌抓著獵物敲擊石頭，將殼敲開，模樣相當可愛。

| manatee | dugong | seal lion | sea otter |

鯨目

dolphin 海豚

海豚廣泛生活在大陸附近的淺海裡，喜歡集結成群行動，主要以魚類和**烏賊類**(squid)的軟體動物為食。海豚是智商最高的動物之一，能發出一種高頻率，類似哨音的聲音來相互聯繫，是人類聲音難以達到的音域，還可以利用發聲後碰到物體的回聲來偵測距離，稱為**回聲定位**(echolocation)，是一種**聲納**(sonar)的原理，這可以幫助牠們在黑暗的海中覓食。

narwhal 一角鯨

生長在北極的一角鯨，和白鯨有著近親關係，潛水深度能達八百公尺，而且能在水下能待上二十五分鐘之久。雄性一角鯨具有的螺旋狀獠牙，常和傳說中的**獨角獸**(unicorn)聯想在一起，因此又稱做獨角鯨。

humpback whale 座頭鯨

鬚鯨鯨魚(baleen whale)就是利用鯨鬚來代替牙齒，將**磷蝦**(krill)和**浮游生物**(plankton [ˋplæŋktən])過濾出來，方便進食。座頭鯨就是屬於鬚鯨鯨魚的一種，以其**躍出水面**(breaching)的姿勢和牠超長的**前翅**(pectoral fin)聞名。全世界各大海洋都有座頭鯨的蹤跡，是賞鯨者的最愛之一。

beluga 白鯨

沒有**背鰭**(dorsal fin)的 beluga [bəˋlugə] 主要分布在北極地區，和所有齒鯨(toothed whale)一樣，都會利用回聲來定位。因多變的叫聲與豐富的臉部表情，早期的**捕鯨者**(whaler)稱之為「**海中金絲雀**」(sea canary)。

sperm whale 抹香鯨

抹香鯨是世界上最大的齒鯨，是所有鯨類中潛得最深、最久的，因潛水時間很長，在海面上看到的機會不大。在十九至二十世紀間曾被大量捕殺，因為其**鯨腦油**(spermaceti)可以用來製成蠟燭或**藥膏**(ointment)，腸內分泌出來的**龍涎香**(ambergris)則是香水的重要成份之一，使得數量銳減。

blue whale 藍鯨

身長可達三十公尺，重達一百七十公噸的藍鯨，堪稱是世界上最大的動物。屬於鬚鯨類的藍鯨，身軀瘦長，背部呈藍灰色，頭上的兩個**氣孔**(blowhole)，在呼吸時可以噴出最高有十二公尺之高的垂直水柱。

orca 虎鯨

orca [ˋɔrkə] 也稱為 killer whale（殺人鯨），是海豚科中體型最大的。從大西洋、南極地區到熱帶海域，都可以見到牠的蹤跡。除了吃魚類，也會獵殺其他海洋哺乳動物，像是海豹、海獅或海豚…等等。因此沒有**天敵**(natural predator)的虎鯨，位居海洋食物鏈的頂端。

orca

beluga

dolphin   sperm whale   humpback whale   walrus

The Universe
宇宙

萬物起源的宇宙，浩瀚無垠。關於宇宙的誕生，目前**大爆炸 (Big Bang)** 為準確度最高的理論。大爆炸的觀點主要是從一個原點突然發生大爆炸後，再經由不斷地**膨脹 (expand)**，從原本的極高溫逐漸下降，使得基本物質轉為氣體，溫度再度降低，氣體凝聚便成氣雲，在一步步演變各樣的星雲體系，成就今日宇宙的模樣。

單字朗讀 MP3

galaxy 星系

當 g 為小寫時，意指一般的「星系」，也就是由數百億至數千億顆恆星所組成的集合體，並有塵埃和氣體充斥其間，一般星系依形狀可分為**螺旋星系 (spiral galaxy [`spaɪrəl `gæləksi])、橢圓星系 (elliptical galaxy [ɪ`lɪptɪkəl `gæləksi])** 與**不規則星系 (irregular galaxy [ɪ`rɛgjələ `gæləksi])**，每一種都還可以再細分幾種次型。但當 G 大寫時，the Galaxy 就是指銀河系，也就是太陽系所在的星系。

The Milky Way 銀河系

我們所居住的星系──銀河系屬於螺旋星系的一種，裡頭有超過一千億顆恆星，太陽正是銀河系中的其中一個恆星，與銀河系中心大約有三萬**光年 (light year)** 的距離。直徑約十萬多光年的銀河系，**自轉 (rotation)** 週期大約是五億年。

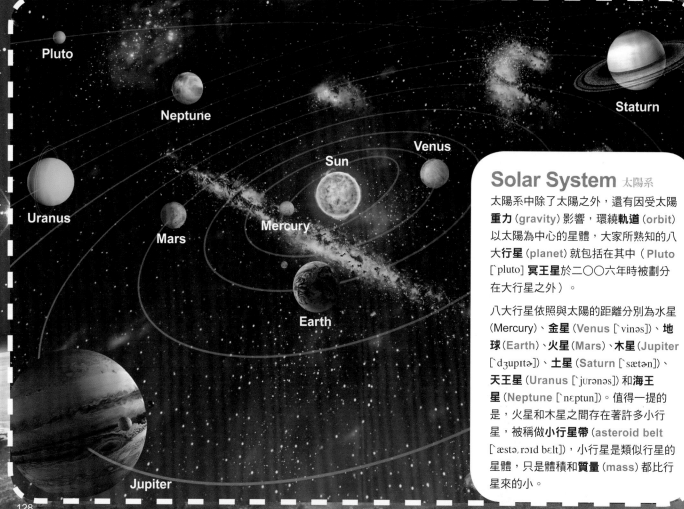

Pluto
Neptune
Staturn
Venus
Sun
Uranus
Mercury
Mars
Earth
Jupiter

Solar System 太陽系

太陽系中除了太陽之外，還有因受太陽**重力 (gravity)** 影響，環繞**軌道 (orbit)** 以太陽為中心的星體，大家所熟知的八大**行星 (planet)** 就包括在其中（Pluto [`pluto] 冥王星於二〇〇六年時被劃分在大行星之外）。

八大行星依照與太陽的距離分別為水星 (Mercury)、**金星 (Venus [`vinəs])、地球 (Earth)、火星 (Mars)、木星 (Jupiter [`dʒupɪtə])、土星 (Saturn [`sætən])、天王星 (Uranus [`jʊrənəs])** 和**海王星 (Neptune [`nɛptun])**。值得一提的是，火星和木星之間存在著許多小行星，被稱做**小行星帶 (asteroid belt [`æstəˌrɔɪd bɛlt])**，小行星是類似行星的星體，只是體積和**質量 (mass)** 都比行星來的小。

The Life Cycle of Stars

nebula 星雲

恆星的生命起源於星雲，在宇宙之間，有許多混雜著塵埃的非恆星狀氣體雲，它們就是「星雲」（nebula [ˈnɛbjələ] 的複數形為 nebulas 或 nebulae [ˈnɛbjəli]）。主要成份是氣體和塵埃，其中氣體有 92% 是氫 (hydrogen [ˈhaɪdrədʒən])，7.8% 是氦 (helium [ˈhiliəm])。在天文學上，按發光性質可將星雲略分成發射星雲 (emission nebula)、反光星雲 (reflection nebula) 和暗星雲 (dark nebula)。

star 恆星

恆星是指那些本身會發光的星體，因進行融合 (fusion) 反應而產生光和熱，融合是指將兩顆輕的原子 (atom) 對撞 (collide) 後，產生出一顆較重的原子，並在過程中釋放出能量。不過恆星並不是永恆的，它也有它的生命週期，且因星體的大小而有不同的壽命。

black hole 黑洞

當恆星的生命邁入尾聲，從紅巨星變成超級新星之後，核心的質量若比太陽重超過二點五倍，則可能會形成黑洞。我們都以為黑洞是一個洞，其實黑洞的形成是恆星生命結束時成為一個重力極強大的星體，它能夠把任何物質，甚至是光線，全都吸進去，形成我們完全看不到的天體。

red giant 紅巨星

隨著恆星裡的氫氣逐漸燃燒，核心 (core) 的融合反應就會變慢，此時便是進入開始老化的紅巨星時期。因重心開始往中心壓縮 (compress)，導致外層加熱，使其體積不斷向外擴張。體積膨脹之後，氣體會隨之擴散而降低溫度，並呈現紅光的特徵。

stardust 星塵

星塵就是恆星在死亡大爆炸之後所產生的微小之物，或是彗星 (comet) 因為太陽光熱所散發出的微粒。受到引力影響佈滿整個宇宙的這些星塵，可說是生命的基石，裡頭充滿的氫、碳、氧、矽 (silicon) 和鐵等元素，都是打造新恆星、行星的原料。

neutron star 中子星

當超級新星爆炸之後，核心質量大約是太陽的二點五倍以下，就有可能會形成中子星。組成物質大部分為中子的中子星，自轉速度快速且密度極高，若挖了一茶匙量的中子星，重量可是和十億噸一樣重。某些中子星還會發射出規律的無線電波形成可見的脈衝光，那些中子星又可稱做脈衝星 (pulsar)。

white dwarf 白矮星

當恆星將氫消耗殆盡便會開始燃燒氦，因而形成一股劇烈的能量波，將外層吹走只剩下密度又高又熱的核心，這就是白矮星，發生在質量較小的紅巨星之後，是顆步入老年的昏暗恆星。

supernova 超級新星

超級新星並不是在說一個星球，而是指質量很重的巨大 (massive) 紅巨星，因強大的重力可驅使越來越大的原子碰撞在一起，在核心內製造越來越重的元素，當它製造出鐵時就註定要滅亡，因為鐵會將恆星的能量全都吸走，使融合反應終止。最後，重力會導致恆星的核心瓦解 (collapse)，產生大爆炸，這就是超級新星。

Books 書

科技日益發達的今日，不僅是手機新時代的來臨，連書本都進化，走進一個新的里程碑。除了原本的印刷書籍、以聲音呈現的有聲書還有融合圖文方便攜帶的電子書，書籍開始改變呈現模式，顛覆紙張的固定樣式，帶來多樣式閱讀方式。

單字朗讀 MP3 48

E-book 電子書

● **Project Gutenberg** 古騰堡計畫

電子書的概念是從一九七一年古騰堡計畫所啟動，當時還是伊利諾伊大學(University of Illinois)學生的麥克哈特(Michael Hart)，獲得了學校材料研究實驗室中 Xerox Sigma V 大型計算機的使用權，藉此想做一些有價值的事情，於是便決定將書籍電子化以供更多人閱讀，而他背包中的美國獨立宣言(Declaration of Independence)也就成為古騰堡計畫中第一個電子文本。此計畫以約翰內斯古騰堡(Johannes Gutenberg)命名，用來紀念這位西方活字印刷術(movable type)的發明人。

九〇年代中期，有許多志工加入手工輸入的行列，西元二〇〇〇年也成立了古騰堡計畫文獻建檔基金會 (Project Gutenberg Literary Archive Foundation) 處理相關事務。隨著科技進步，書籍也可以更有效率地透過掃描或其他相關軟體建檔。收錄作品除了有西方文學、**期刊** (periodical [ˌpɪrɪˈɑdɪkəl]) 外，也有**樂譜**（**score**，也常稱做 sheet music）或是**食譜** (recipe [ˈrɛsəpi]) 等。主要以英文作品為大宗，也有相當數量的法文、德文、義大利文、西班牙文及中文等著作。

● 電子書閱讀器

廣義的電子書閱讀器分很多種，只要能用設備讀取 PDF、TXT 等文字資料，不必攜帶傳統紙張，好比**平板電腦** (tablet computer)、手機等等，都可以算是其中之一。現今最常提到的電子書閱讀器為蘋果電腦出的 iPad 系列，以及亞馬遜 (Amazon) 出的 Kindle 系列。

iPad 和蘋果電腦旗下的 iPhone、i Pod touch 都採用了 iOS 的作業系統，所有智慧型手機上能操作的功能，iPad 也都具備，所以使用者可同時執行不同程式，一邊閱讀、一邊播放音樂並開啟通訊軟體與人對談，增加閱讀時的多元性。

Kindle 與 iPad 相較下，最大的不同之處是在 Kindle Fire 之外的機型皆採用電子墨水 (E ink) 技術。一般背光顯示的螢幕會發亮，看久了眼睛容易疲勞，但閱讀使用電子墨水的電子紙（electronic paper，簡稱為 e-paper）螢幕時，感覺與傳統紙張相似，在大太陽下一樣看得清楚，視角也可達一百八十度，且只有改變顯示內容時才消耗電力，所以使用時間比一般平板電腦多了好幾倍，但缺點是目前只有黑白螢幕較普及，反應速度也稍微慢了一點。

audio book 有聲書

用聲音來呈現書的內容，也就是以聲音為媒介，用朗讀、對話、廣播劇或報導等方式讓聽眾「閱讀」，格式有錄音帶、CD 或是數位檔（如 mp3）。常見於語言學習、童話故事，近年來也有商業資訊及名人演講的相關作品。除了可以下載或轉載至個人的隨身聽的便利之外，透過**配音員** (voice-over actor) 及後製也能使內容更活潑多元。

傳統書本的類型

雖然電子書這個科技帶來許多**便利性** (convenience)，但有些傳統印刷書籍帶來的閱讀習慣及感動，是電子書無法取代的。

● **paperback** 平裝書

也稱為 **softcover**，用來指以紙或薄紙板為封面的書。當**出版商** (publisher) 不想花高成本投資一本作品時，就會用平裝書的方式發行。平裝書可以分為兩種：商業平裝本 (trade paperback) 與大眾市場平裝本 (mass-market paperback)。商業平裝本的尺寸通常等同於精裝書的大小，紙質也優於大眾市場平裝本，價格也相對高一點。而大眾市場平裝本尺寸較小，沒有多餘的包裝與插圖，通常於傳統書店或超市販售。

● **hardcover** 精裝書

也稱為 **hardback**，顧名思義就是指封面較厚且硬的書。因為封面具有保護的作用，所以比平裝書耐用，設計也比較精美，相對的製作成本價格較昂貴。精裝書的**書脊** (spine) 通常富有彈性，所以書本能夠攤開平放。

● **pop-up book** 立體書

立體書是指翻開內頁之後，因其摺紙方式或其他特殊設計，使書的內容「彈起」的書。千萬不要說成 3D book，3D 是 three dimensional [dəˈmɛnʃənəl]（**三度空間**的），我們會說 3D 動畫 (3D animation)，卻不會拿來形容書本。

Smartphones 智慧手機風潮

近年來不論是在路上還是公車捷運上，人人都成了**低頭族**（smartphone addict），許多資訊的流通和傳輸都在「彈指間」即可獲得，它不僅成了大家手中便捷的**掌上型電腦**（PDA，為 personal digital assistant 的縮寫），同時還結合了**行動電話**（cell phone）的通訊功能。這項高科技的出現，也掀起一波風潮，讓許多人甚至得了手機上癮症，一秒都離不開手機。

單字朗讀 MP3 49

mobile operating systems 行動作業系統

行動作業系統是指行動裝置如智慧型手機、平板電腦等的運作系統，其中又以蘋果（Apple）的 iOS 和谷歌（Google）的 Android 系統最為大眾所使用。要特別注意的是 Android 的發音 [ˋændrɔɪd]，千萬不要唸錯喔！

social networking sites 社群網站

古人曾說不能「一日無書」，換到今日可能成了不能「一日無臉書」了。**臉書**（Facebook）是目前全世界最大的網路社群，每天大家在上面更新自己的最新動態、**上傳**（upload）照片還能隨時**打卡**（check-in）分享你目前的所在地點，甚至**瀏覽**（browse）朋友的最新情況，成為與朋友社交的新形態。和它功能類似的還有**推特**（twitter），可以讓使用者更新即時訊息，這些訊息就是我們常說的**推文**（tweet）。

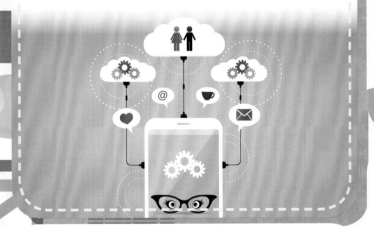

second screen 第二螢幕

所謂的第二螢幕指的就是在看電視的同時，還能同時使用的智慧型手機或平板電腦，也使得觀眾和節目有了更多互動，有許多人還會不斷推文，轉播現場節目的最新情況，就像是這次的金曲獎一樣，金曲歌王一出爐之後，臉書、微博上，排山倒海不斷洗板，而不是只有被動的盯著電視機而已。

app （手機）應用程式

曾幾何時，「你今天看 WhatsApp 了嗎？」還有「到家 line 我一下」，變成了大家的口頭禪，WhatsApp 和 Line 是現今當紅的通訊 app。app [æp] 是 application software 的簡稱，指的是智慧型手機裡面的應用軟體，使用者可依自己的需求到 APP 商店去下載，其中某些是需要付費的，其中又以通訊軟體最廣為使用。因為它們不僅可以利用網路傳輸**即時訊息**（instant message，縮寫為 IM）和檔案，Line 甚至還有**網路電話**（VoIP）的功能。還有能和社群網站做連結的照相 app，如 Instagram，註冊登入之後可以用**濾鏡**（filters）來美化拍下來的照片，並分享給朋友。還有其他許多的遊戲 apps，使朋友間的互動有更多的趣味，像是 Candy Crush、Draw Something 和 Tower of Saviors 等，都很受歡迎。

QR code 行動條碼

有時我們會在某些產品或廣告上看到一個黑色方塊狀的條碼，它就是現在最熱門的行動條碼，由日本豐田子公司 Denso Wave 公司所發明。QR 是英文 quick response 的縮寫，即「快速反應」，因為發明者希望藉由行動條碼讓其內容快速被解碼。我們只要用手機下載條碼**掃瞄器**（scanner），就可以連結獲取行動條碼裡的資料訊息。這也使的以往的紙本**折價券**（coupon）開始現在和行動條碼做結合，只要秀出手機，就可以直接享有優惠，不需要再列印出來，非常方便。

United States 美國情報體系
Intelligence Community

單字朗讀 MP3 51

好萊塢一大堆電影都圍繞在警察抓小偷的題材上，而這些片常常會和 CIA、FBI、NSA…等扯上關係，其實它們都屬於美國情報體系旗下的十六個單位，這些用縮寫表示的單位名稱雖短，權力可不小，EZ TALK 馬上替各位解開這些情報單位的縮寫密碼！

DNI 國家情報總監

全名為 Director of National Intelligence，國家情報總監是根據《二〇〇四年情報改革和防恐法案》(Intelligence Reform and Terrorism Prevention Act of 2004) 所設立的一個職位，直接受總統任命及指揮，雖然不列在十六個組織之內，卻是統領整個美國情報體系的重要人物。

CIA 中央情報局

中央情報局的全名為 Central Intelligence Agency，是政府部門中的一個獨立機構，中央情報局的局長須回報資訊給國家情報總監，再由情報總監直接提供情報給美國總統，並在國土安全會議 (Homeland Security Council) 上擔任諮詢的角色。主要任務是**收集** (collect) 及**分析** (analyze) 關於國外政府、公司和個人的各方情報，例如防止**大規模毀滅性武器** (weapons of mass destruction) 擴散、跨國反恐行動和跨國打擊犯罪、毒品活動…等等。CIA 從前在搜集外國情報時，為了符合國家利益，甚至還會對國外首長或**恐怖份子** (terrorist) 執行暗殺 (assassination [ə͵sæsə`neʃən]) 行動，現在已較少發生。

FBI 聯邦調查局

Federal Bureau of Investigation 是美國聯邦調查局的全名，為美國司法部 (Department of Justice) 的主要調查機關，具有跨州調察犯罪事件的權力，當案件涉及全國或影響重大，就會由 FBI 介入，像是打擊各種重大犯罪、反恐、**反情資** (counterintelligence [͵kaʊntərɪn`tɛlədʒəns])…等等。其工作人員都稱為「特別幹員」(special agent)，成為調查對象的犯罪行為有**綁架** (kidnapping)、**搶劫銀行** (bank robbery) 或**間諜活動** (espionage [`ɛspɪə͵nɑʒ]) 等一百八十種以上。

NSA 國家安全局

Security Agency，是美國國防部 (Department of Defense) 的情報部門，被認為是美國情報體系中最大也耗資最高的單位，專門負責收集和解碼外國通訊資料，以及維護美國政府的**通訊信息安全** (information security)，尤以支援**軍事** (military) 及**外交** (diplomatic [͵dɪplə`mætɪk]) 的祕密通訊為最主要。

DEA 緝毒署

隸屬於美國司法部的緝毒署，全名是 Drug Enforcement Administration，主要負責偵查和預防美國國內外大規模非法毒品之製造、**走私** (smuggling [`smʌglɪŋ]) 等犯罪行為，協助世界各國進行毒品危害防治。

Political Terms
重要政治術語

政治一詞最早的記載出現在希臘，意為城堡和衛城。
之後則演變成各種團體進行集體決策的一個過程。 單字朗讀 MP3 51

以下幾個字，一定要分清楚

politician [ˌpɑləˋtɪʃən] (n.) 政治人物
可簡稱為 pol，有時略帶貶意；而**政治家**則叫 statesman

politico [pəˋlɪtɪko] (n.) 政客

politics [ˋpɑlətɪks] (n.) 政治（學）

politic [ˋpɑlətɪk] (a.) 精明的，有策略的

political [pəˋlɪtɪkəl] (a.) 政治（上）的；政黨的

policy [ˋpɑləsi] (n.) 政策

什麼是國體？什麼是政體？

國體 (form of state)

可以國家元首產生的方式做區分，可分為**君主制 (monarchy)** 和**共和制 (republic)**，在君主制的國家元首是**世襲 (hereditary)** 產生，例如沙烏地阿拉伯 (Saudi Arabia) 即為一例，而英國在民主憲政下，君主並無實權，屬於**君主立憲 (constitutional monarchy)** 體制；而共和制則是由人民以直接或間接的方式**選舉 (election)** 產生，例如我國和美國。

總統制 (presidential system) 的總統由民選產生，任期固定，擁有行政權，除非遭受**彈劾 (impeachment)** 或主動**請辭 (resign)**，否則不會因國會不信任而去職；**內閣制 (parliamentary system，也稱議會制)** 的行政系統則對**議會 (parliament)** 負責，如果議會對**內閣 (cabinet)** 不信任，可以對閣員投**不信任票 (vote of no confidence)**，若是倒閣成功，那麼**首相 (prime minister)** 就必須請辭，換新的內閣團隊上去。

國體還可以中央政府和地方政府的權力劃分方式來做區分，可分為：

confederation 邦聯制：

主權屬於各個國家，比較像是許多國家為了利益關係所做的結盟，比較接近的例子就是**歐盟 (European Union)**。

federation 聯邦制：

由兩個或兩個以上的政治實體結合而成的一種國家結構形式，美國就是世上第一個聯邦制的國家。

unitary state 單一制：

中央政府擁有最高的權力，世上大部份的國家皆屬此種體制。

政體 (form of government)

是指國家的**統治 (rule)** 方式，分為**民主政體 (democracy)** 與**獨裁政體 (dictatorship)**，通常政教合一的國家都會被視為是獨裁政體，例如阿拉伯聯合大公國。

左派、右派怎麼分？

左派 (left wing)、**右派 (right wing)** 起源於十八世紀的法國大革命，在大革命期間的議會上，溫和的保王黨人都坐在議場的右邊，而激進的革命黨人則都坐在左邊，此後便產生這兩種稱呼。但現今的詞義已經演變得相當廣泛，通常用於區分兩種相對的政治立場或**意識形態 (ideology)**。通常左派是用來指擁戴人人平等的**社會主義 (socialism)** 或**共產主義 (communism)** 的人士，而右派則泛指**資本主義 (capitalism)** 的擁護者。通常比較激進、極端的政治人物稱作**鷹派 (Hawks)**，比較溫和的叫**鴿派 (Doves)**，不過這種分類與左派右派沒有一定的關係，純粹是指在政治上的作風。

從水門案(Watergate Scandal) 發展出的政治術語

...gate

這是影射美國歷史上著名的政治醜聞——水門案。一九七二年執政的**共和黨 (Republican Party)** 為了取得**民主黨 (Democratic Party)** 總統的競選情報，竟派員到位於首府華盛頓水門大廈的民主黨辦公室安裝竊聽器，當場被抓。事發之後，尼克森總統用盡各種行政手段為自己開脫不成，終至辭職下台。此後每逢政治人物面臨執政危機，或試圖掩蓋醜聞，國際媒體就會以「...gate」名稱之。例如**伊朗門事件 (Irangate)** 就是美國雷根政府私自販售伊朗武器去交換人質的醜聞，還有美國知名歌手珍納傑克森 (Janet Jackson)

在美國超級盃 (Super Bowl) 露出胸部的「**珍奶事件**」就叫 **Nipplegate**。

deep throat 深喉嚨

發生水門案時，由於當時正在上映《深喉嚨》(Deep Throat) 這部造成風潮的情色片，當時華盛頓郵報 (Washington Post) 的總編輯基於新聞道德，以當時最流行的名詞「深喉嚨」來代替爆料來源，從此「深喉嚨」就代表各個政治內幕的「消息來源」。

其它政治術語

red tape 官僚主義；繁文縟節

從前在英國的政府機構中，官方文件通常需經過多道處理的手續，在處理的繁瑣過程中，通常會將整疊的相關文件以紅色的帶子捆起來，後來就被引申為「繁文縟節」的意思。

lame duck 跛腳鴨

指一個因任期快滿、無法競選連任，失去政治影響力的政治人物。由於這種人在政治上已經失利，所以其他人比較不會想找跛腳鴨合作搭檔。

flip-flop/u-turn/backflip 政策、立場搖擺不定

flip-flop 多用於美國，u-turn 則通常用於英國，而 backflip 多用於紐澳地區。這三個字都是用來形容政策導向常常變來變去，只為討好所有的人民。這樣的現象常發生在選舉期間，為了提升**候選人 (candidate)** 支持度而有這樣的作法。

與選舉有關的詞彙

run for office 參選公職

campaign 競選活動

vote-buying 買票

political contribution 政治獻金
某些個人或財團捐獻給支持政黨的金錢。

canvass 遊說拉票

smear 抹黑

poll 民意調查

voter turnout 投票率

swing voter 中間選民

inauguration 就職

secret ballot 不記名投票

與政黨(party)有關的英文詞彙

ruling party 執政黨

opposition party 在野黨

majority party 多數黨

minority party 少數黨

partisan 死忠黨員

bipartisan 涉及兩黨的（通常是指執政黨和反對黨）

SPECIAL FORCES
特種部隊

美國四個軍種的特種部隊皆是屬於美國特種作戰司令部（U.S. Special Operations Command，縮寫為USSOCOM）所指揮，以利執行任務時，各部隊可依訓練能力互相協調，相輔相成。以下為你簡單介紹電影中常出現的美國特種部隊。 單字朗讀 MP3 52

Army 陸軍

Green Berets 綠扁帽部隊

正式名稱為 U.S. Army Special Forces（美國陸軍特種部隊），是美國陸軍第一支特種部隊，因平時配戴綠色貝雷帽 (beret)，而得 Green Berets 這個別名。綠扁帽部隊非常重視外語能力，因為除了**特別偵察** (reconnaissance [rɪˋkɑnəsəns])，縮寫為 recon [ˋri.kɑn]、直接行動和**反恐** (counter-terrorism) 行動等任務之外，還須處理國際內部紛爭。

© kenny1 / Shutterstock.com

Army Rangers 遊騎兵團

陸軍遊騎兵團為美國陸軍**輕步兵** (light infantry) 特種部隊，成員皆須通過遊騎兵學校 (U.S. Army Ranger School) 的訓練才有資格加入。執行的主要有特別偵察、**救援** (rescue) 行動還有最重要的**空降** (airborne) 任務，因此**傘降** (parachute) 能力為最基本，以利進行攻擊或伏擊，像是空降佔領敵軍的**機場** (airfield)。

Delta Force 三角洲部隊

三角洲部隊的正式名稱為「美國陸軍第一特種部隊 D 作戰分遣隊」(First Special Forces Operational Detachment-Delta)，是美國最晚成立的一支特種部隊，成員都是陸軍的菁英，需擁有精準的**槍法** (marksmanship)、近距離戰鬥 (close quarters combat，縮寫為 CQB) 和赤手搏鬥 (hand-to-hand combat)…等的能力，除此之外，還需具備如船、飛機、火車等交通機械的知識，以便有**干預** (intervene) 和掌控任何局面的能力。是目前世界規模最大的反恐部隊，常配合中央情報局 (CIA) 執行機密任務。

Navy 海軍

Navy SEALs 美國海軍海豹部隊

美國海軍海豹部隊，英文全名為 U.S. Navy Sea, Air and Land，是美國海軍的一支特種部隊，也是世界知名的特種三棲部隊（SEAL 為 sea、air 和 land 的縮寫），主要任務包括非常規作戰 (unconventional warfare)、國內外防禦、直接行動、反恐怖主義行動、特殊偵查任務…等。要成為海豹部隊成員並不容易，得先通過基本水中**爆破** (demolition [ˌdɛməˋlɪʃən]) 訓練以及專業的海豹資格訓練。和三角洲部隊一樣，和中央情報局合作執行任務，如追捕並殺死賓拉登 (bin Laden) 的行動，就是由海豹部隊完成。

各級單位英文說法

美國軍隊的單位層級跟台灣類似，從最小的單位「班」一直到整個「師」。台灣軍隊的連隊名稱常用數字表示，美國則是用字母，比如電影中聽見 Charlie Company，指的就是 C 連，千萬不要以為是「查理連」。

各級單位：

- **division** [dɪ`vɪʒən] **師**
- **brigade** [brɪ`ged] **旅**
- **regiment** [`rɛdʒəmənt] **團**
- **battalion** [bə`tæljən] **營**
- **company** [`kʌmpəni] **連**
- **platoon** [plə`tun] **排**
- **squad** [skwɑd] **班**

常見的軍事用語

- **KIA 陣亡**

  為 killed in action 的縮寫，意即在軍事行動中陣亡。

- **klick 公里**

  指的就是 kilometer（公里）。

- **negative 不（行），沒有**

  就是 no，但在軍隊中要表示否定或拒絕時，就要用 negative，有時也會說 "That's a negative."。

- **ambush 伏擊**

  躲在隱蔽處等待機會發動攻擊。

- **backup 支援**

  協助監視後方有無敵人接近，並隨時給予同伴必需的火力壓制…等等。

- **suppressive fire 壓制火力、射擊**

  壓制射擊時，並非以殺傷敵人為主要目的，而是要迫使敵人躲回掩體中，使敵人不敢出來攻擊或查探我方行動。

- **covering fire 掩護火力**

  掩護火力和壓制火力不同，前者是被動回應敵人先前的動作，例如突然受到攻擊必需撤退或移動位置時使用，後者則屬於主動攻擊。

• det cord 引爆線

為 detonating cord 的簡稱，與**雷管** (detonator) 連結以引爆炸藥。

• engaged 交火

指遇到敵人，與敵人正面交鋒，互相攻擊。

• flanking 側面攻擊

側面攻擊是一種戰術，將部隊移動至敵人側面，並由敵人的側面進行攻擊。

• go bag 急救包

軍人配備的緊急撤離包，裡面裝有基本維生物資或求生裝備，也可稱做 hit-and-run bag。

• gas mask 防毒面具

利用**活性炭** (activated carbon)…等物質過濾有害物質。經常做成全罩式以防止眼睛和臉部受毒氣侵蝕。

• flash-bang 散光彈

全名為 flash-bang grenade，是一種只會發出巨響和強光，不會造成破壞的炸彈裝置。

• RPG 火箭砲

原名為 rocket-propelled grenade，rocket-propelled 是「以火箭驅動的」，grenade 則是指「手榴彈」，手榴彈是用手丟出去的，而 rocket-propelled grenade 顧名思義就是用火箭射出的手榴彈，也就是火箭砲，射程較遠，通常會架在間上攻擊坦克。

• Humvee 悍馬車

為美國陸軍一種多用途運輸車。

• helo 直升機

為 helicopter 的簡稱。

字典查沒有的
—口語字彙一網打盡

單字朗讀 MP3 53

challenged 的口語用法

challenged 原本是委婉地形容「殘障的」，現在口語常用這個字來酸別人有某種缺陷或障礙。譬如**對時尚很不在行**，老是穿得很土的人就可以說他是 fashion challenged；**長得很矮的**人是 vertically challenged，vertical [ˋvɝtɪkəl] 意思是「垂直線」，就是笑人有無法向上發展的障礙；而**對科技產品特別秀逗的**人則是 technologically challenged。

cougar 師奶？獅奶？

cougar [ˋkugɚ] 原意為「美洲獅」，口語中也用來形容對年輕帥哥有意思的四十多歲熟女，也就是「老牛吃嫩草」的意思。美國有一部影集叫做《熟女當道》(Cougar Town)，裡面就是在描寫一群四十左右的熟女與年輕男子的故事點滴，女主角還曾經用下列幾種動物來形容不同年齡的女人對於愛情或性愛的飢渴程度。

puma（美洲山獅）：女人三十多歲

jaguar（美洲豹）：女人五十多歲

saber-toothed tiger（劍齒虎）：女人六十多歲

Brownie points 印象分數

point 意思為「分數」，而 Brownie points [ˋbraʊnɪ pɔɪnts] 原本是指最小的**女童軍** (Girl Scouts)（大約六到八歲）為了贏得**勳章** (merit badge)，必須靠著完成一連串任務所累積的分數。後來則引申用來形容「因為表現好而得到讚賞」之意，也就是一般常說的「印象分數」。

man cave 男人窩

man cave 是指一個屋子裡的男性專屬空間。刻板印象中的 man cave 會有**撞球台** (pool table)、電視遊樂器、裝滿啤酒的冰箱…等等適合男性聚會的設備。

eye candy 賞心悅目的人事物

據說這個用法是從 nose candy 這個說法來的，nose candy 是**古柯鹼** (cocaine) 的口語說法，後來則延伸出 eye candy 這種用法，用來形容會讓人目不轉睛的美麗人事物，特別是指具有吸引力的男女。

英文中，有些字彙都和時下的美國文化背景相關聯，像 Mouseketeers 就是指迪士尼公司從 Disney Circle of Stars（為一九五五年至一九九六年的節目）培養出來的優質童星，小甜甜布蘭妮和賈斯汀就是從那裡出道的。諸如此類的口語用法，不是字典裡找不到，不然就是意思很難完全理解。針對這個病症，EZ TALK 特別精選，將以下口語字彙的來由、用法一字不漏地通通告訴你，還在等什麼，趕快記下來吧！

rocky marriage 坎坷的婚姻

rocky 是「困難重重的」。因此要說某人的婚姻有很多問題，就可以說 "They have a rocky marriage."。

drop-dead gorgeous
美若天仙，驚為天人

gorgeous 表示「美好的，漂亮的」，drop-dead gorgeous 則是一種誇飾的口語用法，形容某人美到讓人暈頭轉向，為之傾倒。

A: Have you seen Ted's date yet?
　你有看過泰德的約會對象嗎？
B: Yeah. She's drop-dead gorgeous!
　有啊，她美呆了！

pussy-whipped 怕太太，怕女朋友

pussy 原本是指女生的私處，後來則變成女生的代稱，這樣的說法其實滿粗俗的，最好不要在不熟的人或長輩面前使用；而 whipped 則為「被鞭打」之意，可想而知，這詞彙就是用來形容被女人騎在頭上的男人啦！

Indian giver
送禮後又把禮物收回的人

Indian 是指「印第安人」，Indian giver 這個說法源自早期北美移民遇到印第安人時，印第安人本想以貨易貨的方式交易，但美國人卻以為這是個禮物，因而造成誤會，所以 Indian giver 就變成「送別人禮物，卻在事後把禮物要回來的人」。不過這句話對於美國原住民來說有歧視的意味在，因為似乎暗指原住民的人都是這樣。

wet dream 夢遺，夢寐以求的東西

wet 是由男性夢遺造成的結果（濕濕的）而來，在俚語中引申為「令人嚮往或夢寐以求的事物」。

go Dutch 各付各的

這個片語可能是來自英國人對荷蘭人的刻板印象，因為英國在 英荷戰爭 (Anglo-Dutch War) 與荷蘭交惡，所以許多負面的詞彙都會扯上荷蘭人，荷蘭人在他們眼中是出了名的小氣鬼，約會時常常都各付各的，所以出現了這種說法。

travel bug 旅遊慾望

英文有一句話說 be bitten by the travel bug（被旅遊蟲叮到），是在形容對旅行上癮，非常想再去旅行的感覺。如果把 travel 換成其他字眼，就表示「迷上……」。

例 **Mike and his friends have been bitten by the World Cup bug.**

麥可和幾個朋友迷上了世界盃足球賽。

womanizer 花花公子

womanizer 常讓普天下女性又愛又怕，可譯為「愛情玩咖」、「花花公子」、「花心大蘿蔔」等，只要是「追求女性很厲害，並將各色女子玩弄於股掌之間的玩家型男子」都可稱為 womanizer。在西方，義大利的 Casanova（卡沙諾瓦）和西班牙的 Don Juan（唐璜）這兩位大情聖就是很好的例子，所以人們也會拿他們的名字來代稱花花公子。類似的說法還有 ladies'man、playboy、player。此外，「性慾旺盛、性生活活躍的男人」常叫 stud（原意為種馬）；「小白臉舞男」是 gigolo，而 philanderer [fɪˋlændərə] 則是到處和人發生性關係的男子（尤指已婚男子），philander 則為動詞。

jack-of-all-trades 萬事通

jack-of-all-trades 這個詞起源於十七世紀，最初是指樣樣都在行的人（Jack 為「人」的通稱），現在則大多帶有貶意，表示雖然涉獵很廣，卻樣樣都不專精。

blind date 與未曾謀面的人約會

blind date 直翻就是「盲目的約會」，看字面上的意思也知道，這是在互不相識的狀況下約會，有可能是相親、透過朋友介紹、或和網友約會等等。

Goth 哥德人

「哥德人」指的是對於人性黑暗面比較有興趣的人，這些人通常特立獨行，以穿著黑色系衣服為主，喜歡畫煙燻妝、把頭髮染黑、配戴許多誇張的金屬吊飾。喜歡聽**哥德樂 (Goth music)**，也就是歌詞病態陰暗的搖滾樂。

between jobs 待業中

所謂的 between jobs 是指目前沒有工作，但是又不想講自己**失業 (unemployed)**，於是就說現在這個階段是處於前份工作和下一份工作中，也就是「待業中」的意思。between jobs 特別是指你成年，既沒有工作卻又住在家裡的情況。不過要**找工作 (job hunting)** 可不是一件簡單的事。一般的徵人、求職廣告都以 want ads 表示，若是**徵人**時會有 Help Wanted 字樣，**求職**則是 Position Wanted 字樣。而**職缺**則可以說 opening、available position 和 job opening。

Neanderthal 尼安德塔人

Neanderthal [nɪˋændɚˌθɑl] 原本是指一批在現今德國尼安德谷 (Neander Valley) 挖掘出來的遠古人類,稱做尼安德塔人,和現代人比起來,他們的頭顱較大、手臂較粗壯。由於他們粗獷的外型和茹毛飲血的遠古生活方式,Neanderthal 這個字被引申為「野蠻人」的意思,專指那些說話或行為粗俗無禮的人。

McDreamy 和 McSteamy

美國知名連鎖速食店 McDonald's(麥當勞)的餐點很多以 Mc 開頭來命名,所以老美也很喜歡學這種方法來自己造字、取綽號,通常是用來指一些「很大眾、較沒特色的事物」。例如 McJob 就是指像在速食店打工那種**薪資低廉、沒有發展性的工作**;而 McMansion 則是**大量製造、毫無特色的豪宅**。

McDreamy 和 McSteamy 這兩個字則是出自美國影集《實習醫生》(Grey's Anatomy),劇中其中一位雪普醫生 (Dr. Shepherd) 因為又帥又體貼,被取了個 McDreamy 的綽號(dreamy 表「美好的、夢幻的」);而斯洛恩醫師 (Dr. Sloan) 則是一位長相俊俏但私生活很精采的醫生,於是大家管他叫 Mcsteamy(steamy 表「冒出蒸汽的或煽情的」)。因為這部影集很受歡迎,所以日後大家就慣稱 McDreamy 為長相英俊又體貼顧家的「新好男人」。而 McSteamy 就拿來代稱「性感帥哥」。

WASP 是啥?

WASP 是 white Anglo-Saxon [ˋæŋgloˋsæksən] Protestant [ˋprɑtɪstənt] 「**白種盎格魯薩克遜新教徒**」的縮寫。主要指的是北歐地區(尤其是英國)具新教徒背景的後裔,簡單來說就是在美國的白人。這一詞通常拿來形容為享有特權、趾高氣昂、並在美國社會中擁有一定的影響力的白人。

何謂 DUI?

DUI 是 driving under the influence 的縮寫,意思是「**酒醉或服用藥物之後開車**」,**酒醉開車**則是 drunk driving。

street-smart 是在說什麼?

street-smart 一開始是指像在**貧民區 (slum)** 那樣危險街頭裡的生存智慧,因身在龍蛇雜處的地方,必須藉著過人的膽識與智慧才能維生,後來便用來引申指某人透過豐富社會經驗習得都市生存之道,和擁有高學歷的 book-smart 不同。當名詞寫成 street smarts。

混淆字比一比

有些英文字長得好像，可是意思卻天差地遠；有些英文的中文翻譯都一樣，可是用法好像又不太一樣。EZ TALK 整理出一些常搞錯用法的字彙，為大家一一點破迷津。

單字朗讀 MP3 54

筆記型電腦是 notebook？

在台灣，我們常把 notebook computer（筆記型電腦），簡稱為 notebook。可是如果在美國你說 notebook，他們會想到的是「筆記本」，如果要說筆記型電腦，一定要用 laptop，因為通常都會放在膝蓋上使用。

fairy tale 與 legend 的差別

fairy tale 是指有幸福美滿結局的童話故事，通常篇幅不長，情節非常浪漫，現在被認為是講給小孩子聽的故事，如《睡美人》(Sleeping Beauty) 和《醜小鴨》(The Ugly Duckling)。而 legend 中文翻成傳說，常包含了一些歷史人物，因無確切的史實記載故事情節可能有真有假，如羅賓漢 (Robin Hood)、亞瑟王 (King Arthur)…等等。

hiccup、burp 差在哪？

hiccup 是位於胸腔與腹腔之間的橫隔膜神經受到刺激，產生筋攣，橫隔膜突然向下，產生吸氣的動作，一旦氣體急速通過，喉嚨聲門猛然收縮，就會發出「咯！咯！」，這樣無法控制的聲音。東西吃太快、緊張的情緒、**酒精** (alcohol) 或是大笑，都有可能會造成 hiccup。

burp 則是指吃飽後或是喝完**碳酸飲料** (carbonated beverages)，氣體從嘴巴排放出來的行為，例如嬰兒喝完牛奶之後，媽媽都會輕拍寶寶的背部，將腹部氣體排出。

fit、suit 的不同

● **fit** 尺寸適合，合身

說到衣著服飾的搭配「合身」與否，fit 這個動詞可以算是美語中的標準用字了，只要是大小長度等尺寸正正好，就可以用 fit 這個字來表達穿起來服服貼貼的感覺。fit 的後面可以接人（受詞），但若是在上下文當中，明顯知道被提及的人是誰，也可以不接。

A: These pants don't fit anymore.
這條褲子已經穿不下了。

B: Time to go on a diet!
該減肥了！

● **suit** 穿配起來好看

如果是要說衣著服飾的搭配「適合，好看」，美語中常用 suit 這個動詞，衣著的適合與否，衡量的標準就比較多了，可能是式樣、顏色，甚至是與其他衣飾的搭配。

A: Does this hat suit me?
你覺得這頂帽子適合我嗎？

B: No. It makes you look immature.
不適合。它讓你看起來很幼稚。

144

颱風？颶風？

每當颱風快來報到時，都會在氣象報告中聽到「**熱帶性低氣壓**」(tropical depression)，這個詞其實就是颱風的前身。當熱帶性低氣壓逐漸增強時就會形成 tropical storm，也就是**輕度颱風**，若風速再繼續增加就會形成中級以上的颱風。而**颱風** (typhoon) 和**颶風** (hurricane) 都是**熱帶氣旋** (tropical cyclone)，那這兩個名字到底有什麼差別呢？其實只是因發生的地區和時間不同，而產生不同的名稱。颶風發生在太平洋 (Pacific Ocean) 東岸、大西洋及加勒比海 (Caribbean Sea)；颱風則是在西太平洋。

condo 和 apartment 的差別

condo 和 apartment 這兩者之間的界限有點模糊。一般來說，apartment 是屬於比較陽春的公寓住宅，沒有太多公共設施，住戶大多是以租借為主的房客。condo，為 condominium [ˈkɑndə͵mɪnɪəm] 的縮寫，是比較類似新穎的大廈公寓社區，住戶有自己的產權，大多以永久居住為目的，還有許多公共設施，例如網球場、游泳池，也有自己的管理委員會與警衛等等，比較像是一個社區的感覺。通常 condo 會比 apartment 來得高級，但也有例外情況發生。

source v.s. resource

source 這個字的重點是任何事物的「出處、來源、起源」(和 origin 意義類似)，像是河流或是問題的源頭、**消息的來源** (informant，特指「提供媒體消息來源的人」)、**資料的出處** (reference)…等等都可以用這個字。

resource 則是在指「資源」，有強調該人事物「價值」的意涵，如**資產** (asset)。像是可以解決（工作、學業）問題的資源、一間公司的資產或人力、人類賴以生存的大自然資源、一個人的機智和應變能力…等強調「價值」的場合，就會用 resource 這個字喔！

spy、agent 大不同

常在警匪片或動作片中看到 spy 和 agent 這兩種令人驚呼連連的英雄角色，其實兩者之間還是不太一樣。spy 是間諜的泛稱，也可以當動詞使用，表示「從事間諜工作、四處蒐集情報」，而 agent 則是任職於特勤單位的探員或特務，像是 CIA 或 FBI，agent 並非如電影中個個身懷絕技，多半是各司其職，而 agent 也有可能從事 spy 的工作，或是接任上級命令成為**祕密特務** (secret agent)。

其他相關的人物說法還有：

- undercover cop/agent 臥底警察／探員
- mole 內奸
- informant 線民

145

精選單字列表

電影類型　P. 8

action	(n.) 動作片
adventure	(n.) 冒險片
animation	(n.) 動畫片
biography	(n.) 傳記片
crime	(n.) 犯罪片
disaster	(n.) 災難片
thriller	(n.) 驚悚片
horror	(n.) 恐怖片
mystery	(n.) 推理片
romance	(n.) 浪漫愛情片
musical	(n.) 音樂片
war	(n.) 戰爭片
documentary	(n.) 紀錄片
fantasy	(n.) 奇幻片
sci-fi/science fiction	(n.) 科幻片
comedy	(n.) 喜劇片
rom-com/romantic comedy	(n.) 愛情喜劇片
black comedy/dark comedy	(n.) 黑色喜劇片
drama	(n.) 劇情片
feature film	(n.) 劇情長片
Western	(n.) 西部片
adult	(n.) 成人電影
art film/art house film	(n.) 藝術片
flick	(n.) 電影
motion picture	(n.) 會動的畫面
chick flick	(n.) 愛情片
target audience	(n.) 目標觀眾
multiplex	(n.) 多廳的電影院
megaplex	(n.) 多達二十廳以上的大型影城
art house	(n.) 專門播放藝術電影的電影院
first-run theater	(n.) 首輪戲院
second-run theater	(n.) 二輪戲院
drive-in theater	(n.) 露天汽車電影院

歸功之作　P.10

closing credits	(n.) 電影片尾
opening credits/title sequence	(n.) 電影片頭
producer	(n.) 製片
screenwriter	(n.) 編劇
screenplay	(n.) 劇本
casting director	(n.) 選角
audition	(n.) 試鏡
location scout	(n.) 勘景員
script supervisor	(n.) 場記
key grip	(n.) 場務
cinematographer/director of photography	(n.) 攝影指導
cameraman	(n.) 攝影師
boom operator	(n.) 收音員
gaffer	(n.) 照明電工，燈光指導
lighting technician	(n.) 燈光師
foley artist	(n.) 特殊音效師
flashback	(n.) 倒敘法
montage	(n.) 蒙太奇
split screen	(n.) 銀幕切割
fast cutting	(n.) 快切
sequence shot	(n.) 長鏡頭
part/character	(n.) 角色、人物
leading role	(n.) 主角、主要的演員
supporting role/minor role	(n.) 配角
leading actor/lead actor/male lead/hero	(n.) 男主角
leading actress/female lead/heroine	(n.) 女主角
villain/bad guy/baddie	(n.) 反派角色、大壞蛋
bit part	(n.) 小角色
typecast	(v.) 被定型
versatile actor/actress	(n.) 演技派硬底子男（女）演員

票房鉅作　P. 12

cast	(n.) 演員陣容
box office hit	(n.) 票房大賣的電影
box office flop	(n.) 票房極差的電影
blockbuster	(n.) 賣座電影、暢銷書
megahit	(n.) 賣座電影、唱片
smash hit	(n.) 廣受歡迎的電視劇、產品
bestseller	(n.) 暢銷書、產品
chartbuster	(n.) 熱門唱片、歌曲
plug	(v.) 宣傳、打廣告
adaptation	(n.) 改編、改寫本
graphic novel	(n.) 圖畫小說
comic book	(n.) 漫畫書
superstar	(n.) 大明星
megastar	(n.) 超級巨星
megabucks	(n.) 大錢
megacity	(n.) 有千萬以上人口的城市
megabyte	(n.) 百萬位元
megawatt	(n.) 百萬瓦特
all-star cast/star-studded cast	(n.) 全明星卡司
ensemble cast	(n.) 群體演員
cameo	(n.) 客串演出

電影以及相關字彙　P. 14

series	(n.) 影集，系列集
sitcom	(n.) 情境式喜劇
daytime drama	(n.) 連續劇
soap opera	(n.) 肥皂劇
episode	(n.) 集
narrator	(n.) 旁白
pilot	(n.) 試映片
season	(n.) 季
cliffhanger	(n.) 伏筆
sequel	(n.) 續集
prequel	(n.) 前傳
trilogy	(n.) 三部曲
tetralogy	(n.) 四部曲
finale	(n.) 完結篇
trailer/preview/teaser	(n.) 電影預告片
footage	(n.) 片段
making-of/behind-the-scenes	(n.) 幕後花絮
blooper	(n.) NG 鏡頭
outtake	(n.) 被剪掉的鏡頭
final cut	(n.) 最終版
director's commentary	(n.) 導演評論
catch phrase	(n.) 經典台詞
tagline/slogan	(n.)（宣傳海報）象徵標語

流行音樂種類　P.16

rock and roll	(n.) 搖滾樂
alternative rock	(n.) 另類搖滾
independent label	(n.) 獨立唱片公司
indie rock	(n.) 獨立搖滾樂
psychedelic rock	(n.) 迷幻搖滾
blues rock	(n.) 藍調搖滾
electric guitar	(n.) 電吉他
bass	(n.) 貝斯
heavy metal	(n.) 重金屬
hair metal	(n.) 長髮金屬
glam metal	(n.) 華麗金屬
beat	(n.) 節拍
punk rock	(n.) 龐克搖滾
rebellion	(n.) 叛逆
aggressive	(a.) 攻擊性的
subculture	(n.) 次文化
rap	(n.) 饒舌
rhyme	(n.) 押韻
hip-hop	(n.) 嘻哈
graffiti	(n.) 塗鴉
electronic music	(n.) 電子音樂
techno	(n.) 鐵克諾音樂
trance	(n.) 迷幻電音
dubstep	(n.) 迴響貝斯
harmonica	(n.) 口琴
jazz	(n.) 爵士樂

rhythm & blues	(n.) 節奏藍調
gospel	(n.) 福音音樂
soul	(n.) 靈魂樂
funk	(n.) 放客音樂
reggae	(n.) 雷鬼音樂
country music	(n.) 鄉村音樂
folk music	(n.) 民謠
acoustic guitar	(n.) 木吉他
string instrument	(n.) 弦樂器

流行音樂常用字彙 P. 19

label/record label/record company	(n.) 唱片公司
sublabel	(n.) 大型唱片公司旗下的子公司
studio album	(n.) 錄音室專輯
live album	(n.) 現場專輯
compilation	(n.) 合輯
remix	(n.) 重新混音的歌曲
EP	(n.) 單曲專輯
single	(n.) 單曲
airplay	(n.) 播放率
single	(n.) 單曲
demo	(n.) 樣品帶，試聽帶
eponymous album	(n.) 同名專輯
charts	(n.) 排行榜
studio musician/session musician	(n.) 錄音室樂手
live show	(n.) 現場表演
chart-topping	(a.) 高居流行曲榜首的
vintage track	(n.) 老式曲目，經典作品
bootleg	(n.) 私製唱片
mixtape	(n.) 混音專輯
new release	(n.) 新發行的唱片
gig	(n.) 表演，公演
concert	(n.) （大型）演唱會
debut	(n.) 處女作
junkie	(n.) 對某事物熱愛或迷戀者
buff	(n.) 迷，愛好者
addict	(n.) 入迷的人
freak	(n.) 狂熱愛好者
hound	(n.) 有癮的人
devotee	(n.) 狂熱份子，愛好者
groupie	(n.) 熱衷追隨名人的粉絲

流行音樂獎項 P. 22

gramophone	(n.) 留聲機
sales volume	(n.) 銷售量
music video	(n.) 音樂錄音帶
trophy	(n.) 獎座
music industry	(n.) 音樂界
music category	(n.) 音樂分類
nomination	(n.) （獎項）提名
live telecast	(n.) 電視現場轉播
musical number	(n.) 音樂表演片段
acceptance speech	(n.) 得獎感言
award presenter	(n.) 頒獎人

性傾向 P. 24

sexual orientation	(n.) 性傾向
discrimination	(n.) 歧視
tolerance	(n.) 寬容
acceptance	(n.) 接受
heterosexual	(n.) 異性戀
homosexual	(n.) 同性戀
lesbian	(n.) 女同性戀
bull dyke	(n.) 較陽剛的女同志
femme	(n.) 較柔性的女同志
gay	(n.) 男同性戀
bear	(n.) 體型壯碩、毛髮較多的男同志
twink	(n.) 體型較為纖細、年輕的男同志
bisexual	(n.) 雙性戀
transgender	(n.) 跨性別者
drag queen/king	(n.) 變裝皇后、國王
come out	(phr.) 出櫃

我們結婚吧 P. 26

best man	(n.) 伴郎
maid of honor/bridesmaid	(n.) 伴娘
toast	(v./n.) 舉杯慶祝
garter	(n.) 吊襪帶
newlyweds	(n.) 新婚夫妻
prosperity	(n.) 興旺
fertility	(n.) 生殖力
bachelor party/stag party	(n.) 告別單身派對
strip club	(n.) 上空酒吧
stripper	(n.) 脫衣舞孃
bridezilla	(n.) 酷斯拉新娘
bridal registry/registry list	(n.) 結婚禮物清單
honeymoon	(n.) 蜜月
education fund	(n.) 教育基金
bridal shower	(n.) 準新娘派對／新娘花灑會
dowry	(n.) 嫁妝
engagement party	(n.) 訂婚喜宴
rehearsal dinner	(n.) 婚禮預演晚宴

教育 P. 28

chaperone	(n.) 監護人 / 監護
helicopter parents	(n.) 直升機父母
lawnmower parents	(n.) 除草機父母
obstacle	(n.) 障礙
over-parenting	(n.) 過度管教
boomerang generation	(n.) 迴力棒世代
spank	(v.) 用手打屁股
ground	(v.) 禁足
allowance	(n.) 零用錢
letter grade	(n.) 等第分級
placement test	(n.) 分班測驗
incomplete	(n.) 未完成
honor roll	(n.) 資優生名單
advanced placement	(n.) 先修課程
hat toss	(phr.) 丟學士帽
bachelor's degree	(n.) 學士學位
master's degree	(n.) 碩士學位
Ph. D.	(n.) 博士學位
diploma mill	(n.) 野雞大學
charter school	(n.) 特許學校
preschool	(n.) 學前教育課程
cognitive skills	(n.) 認知能力
homecoming	(n.) 校友返校日
prom	(n.) 高中舞會
fraternity	(n.) 兄弟會
sorority	(n.) 姊妹會
pledge	(n.) 想加入兄弟 (姐妹) 會的人
hazing	(n.) 考驗
resident assistant	(n.) 宿舍管理員助理
dormitory	(n.) 宿舍

宗教 P. 32

Judaism	(n.) 猶太教
Christianity	(n.) 基督教
Islam	(n.) 伊斯蘭教
Hinduism	(n.) 印度教
polytheism	(n.) 多神教
samsara/reincarnation	(n.) 輪迴
Atman	(n.) 小我
Brahman	(n.) 大我
moksha	(n.) 解脫
Buddhism	(n.) 佛教
enlightenment	(n.) 悟道
karma	(n.) 業
Nirvana	(n.) 涅盤
Christianity	(n.) 基督教
original sin	(n.) 原罪
Jehovah	(n.) 耶和華
Jesus	(n.) 耶穌
worship	(v.) 做禮拜
Mormonism	(n.) 摩門教

Mormon	(n.) 摩門教徒
abortion	(n.) 墮胎
premarital sex	(n.) 婚前性行為
caffeine	(n.) 咖啡因
Islam	(n.) 伊斯蘭教
Quran/Koran	(n.) 可蘭經
Allah	(n.) 阿拉
mosque	(n.) 清真寺
Muslim	(n.) 穆斯林
(Roman) Catholic	(n.) 天主教徒
Orthodox Christian	(n.) 東正教徒
Protestant	(n.) 新教徒
carnival	(n.) 嘉年華
Puritan/Pilgrim	(n.) 清教徒
Calvinism	(n.) 喀爾文教派
purify	(v.) 清除
pilgrimage	(n.) 朝聖之旅
convert	(v./n.) 改信、皈依
gentile	(n.) 非猶太人
deceased	(n.) 死者
remains	(n.) 遺體
funeral home	(n.) 殯儀館
mortuary	(n.) 停屍間
obituary	(n.) 訃聞
cemetery	(n.) 墓園
wake/visitation/viewing	(n.) 追悼會
open casket	(phr.) 開棺供人瞻仰遺容
clergy	(n.) 神職人員
eulogy	(n.) 悼詞
hearse	(n.) 靈車
cremation	(n.) 火葬場

命運好好玩 P. 36

supernatural	(a.) 超自然的
palm reading	(v.) 看手相
rational	(a.) 理性的
fortune teller	(n.) 算命師
crystal gazing/scrying	(n.) 水晶預言法
magnetic field	(n.) 磁場
omen	(n.) 預兆
psychic	(n.) 通靈
medium	(n.) 靈媒
prediction	(n.) 預測
bird divination	(n.) 鳥卦
tarot cards	(n.) 塔羅牌
symbolic meaning	(n.) 象徵意義
creativity	(n.) 創造力
material	(a.) 物質的
revelation	(n.) 出乎意料的事情
numerology	(n.) 祕數學
astrology	(n.) 占星術
astronomy	(n.) 天文術
destiny	(n.) 命運
astrological sign	(n.) 星座
zodiac	(n.) 黃道十二宮
Aquarius	(n.) 水瓶座
Pisces	(n.) 雙魚座
Aries	(n.) 牡羊座
Taurus	(n.) 金牛座
Gemini	(n.) 雙子座
Cancer	(n.) 巨蟹座
Leo	(n.) 獅子座
Virgo	(n.) 處女座
Libra	(n.) 天秤座
Scorpio	(n.) 天蠍座
Sagittarius	(n.) 射手座
Capricorn	(n.) 魔羯座
lunar calendar	(n.) 農曆
Chinese zodiac	(n.) 十二生肖
Heavenly Stem	(n.) 天干
Earthly Branch	(n.) 地支

希臘神話 P. 40

narcissistic	(a.) 自戀的、自我陶醉的
mortal	(n.) 凡人
atone	(v.) 贖罪
disobey	(v.) 違抗
wisdom	(n.) 智慧
curiosity	(n.) 好奇心
disaster	(n.) 災難

繪畫風格與流派 P. 42

Surrealism	(n.) 超現實主義
hypocritical	(a.) 虛偽的
logic	(n.) 邏輯
absurd	(a.) 荒謬的
subconscious	(n.) 潛意識
realistic	(a.) 寫實的
Cubism	(n.) 立體派
viewpoint	(n.) 視角
break up	(v.) 分解
reassemble	(v.) 重組
Impressionism	(n.) 印象派
visible	(a.) 顯見的
Post-Impressionism	(n.) 後印象派
subjective	(a.) 主觀的
objective	(a.) 客觀的
stability	(n.) 穩定性
Fauvism	(n.) 野獸派
salon	(n.) 沙龍
contrast	(n.) 對比
saturated	(a.) 飽和的
Pop Art	(n.) 普普藝術

建築風格 P. 44

geometric	(a.) 幾何形的
column	(n.) 圓柱
Doric order	(n.) 多利克柱式
Ionic order	(n.) 愛奧尼克柱式
Sorinthian orde	(n.) 科林斯柱式
concrete	(n.) 混凝土
dome	(n.) 圓頂
arch	(n.) 拱形
Tuscan order	(n.) 托司卡柱式
Composite order	(n.) 混合柱式
Colosseum	(n.) 圓型競技場
cathedral	(n.) 大教堂
monastery	(n.) 大修道院
flying buttress	(n.) 飛扶壁
stained glass	(n.) 彩色玻璃
proportion	(n.) 比例
symmetry	(n.) 對稱性
craftsman	(n.) 工匠
architect	(n.) 建築家
mural	(n.) 壁畫
ornate	(a.) 華麗的
asymmetry	(n.) 不對稱
motif	(n.) 設計圖案
chandelier	(n.) 水晶燈
china	(n.) 瓷器
lacquerware	(n.) 漆器
wallpaper	(n.) 壁紙
simplification	(n.) 簡約
Functionalism	(n.) 功能主義
Rationalism	(n.) 理性主義
skyscraper	(n.) 摩天大樓
Art Deco	(n.) 裝飾藝術
Constructivism	(n.) 構成主義
Modernism	(n.) 現代主義
Futurism	(n.) 未來主義
elegant	(a.) 優雅的
installation art	(n.) 裝置藝術

liquor/spirits	(n.) 烈酒
whisky	(n.) 威士忌
rum	(n.) 萊姆酒
gin	(n.) 萊姆酒
tequila	(n.) 龍舌蘭
brandy	(n.) 白蘭地
liqueur	(n.) 利口酒
lager	(n.) 拉格啤酒
Pilsener	(n.) 皮爾森啤酒
pale ale	(n.) 愛爾淡啤酒
bitter	(n.) 苦啤酒
porter	(n.) 波特啤酒
stout	(n.) 黑啤酒
barley	(n.) 大麥
preservative	(n.) 防腐劑
Champagne	(n.) 香檳
bourbon	(n.) 波本威士忌
cognac	(n.) 干邑白蘭地
eggnog	(n.) 蛋酒
sommelier	(n.) 侍酒師
pair	(v.) 搭配
wine tasting	(n.) 品酒
decant	(n.) 醒酒
mellow	(a.) 甘醇的
Salud	(n.) 乾杯
bottoms up/cheers	(phr.) 乾杯
toast	(v./n.) 敬酒

烹飪 P. 62

veal	(n.) 小牛肉
lamb	(n.) 小羊肉
mutton	(n.) 羊肉，即成羊的肉
turkey	(n.) 火雞肉
bass	(n.) 鱸魚
tuna	(n.) 鮪魚
cod	(n.) 鱈魚
swordfish	(n.) 旗魚
salmon	(n.) 鮭魚
red snapper	(n.) 紅
sole	(n.) 比目魚
herring	(n.) 鯡魚
trout	(n.) 鱒魚
catfish	(n.) 鯰魚
sardine	(n.) 沙丁魚
abalone	(n.) 鮑魚
mussel	(n.) 貽貝
oyster	(n.) 牡蠣
clam	(n.) 蛤蠣
lobster	(n.) 龍蝦
prawn	(n.) 明蝦
scallop	(n.) 扇貝
cuttlefish	(n.) 花枝
squid	(n.) 魷魚
octopus	(n.) 章魚
daikon	(n.) 白蘿蔔
broccoli	(n.) 綠花椰菜
cauliflower	(n.) 白花椰菜
scallion/green onion	(n.) 青蔥
garlic	(n.) 大蒜
ginger	(n.) 薑
celery	(n.) 芹菜
asparagus	(n.) 蘆筍
bell pepper	(n.) 甜椒，青椒
cucumber	(n.) 小黃瓜
zucchini	(n.) 櫛瓜
eggplant	(n.) 茄子
Italian seasoning	(n.) 義大利香料
parsley	(n.) 巴西里
rosemary	(n.) 迷迭香
oregano	(n.) 奧勒岡
thyme	(n.) 百里香
cilantro	(n.) 香菜

basil	(n.) 羅勒，九層塔
tablespoon	(n.) 大湯匙
teaspoon	(n.) 小湯匙
dash	(n.) 八分之一小湯匙
smidgen	(n.) 八分之一小湯匙
pinch	(n.) 十六分之一小湯匙
defrost	(v.) 解凍
chop	(v.) 斬開
cube	(v.) 切塊
dice	(v.) 切成丁
slice	(v.) 切片
julienne	(v.) 切絲
mince	(v.) 切成碎末
shave	(v.) 削
crush	(v.) 壓碎
grate	(v.) 磨碎
peel	(v.) 剝皮
scale	(v.) 去鱗
core	(v.) 去核
trim	(v.) 把不要的部分切除
marinate	(v.) 醃泡
whisk	(v.) 混合
stir	(v.) 攪拌；翻炒
baste	(v.) 將熱油澆淋在主菜
blanch	(v.) 川燙
stir-fry	(v.) 炒
fry	(v.) 煎
deep fry	(v.) 炸
sauté	(v.) 嫩炸或煎
smoke	(v.) 燻
broil/grill/bake/roast	(v.) 烤
stew	(v.) 長時間燉煮
simmer	(v.) 文火慢燉

金錢與消費 P. 66

account	(n.) 帳號
password	(n.) 密碼
bid	(v.) 下標
winning bidder	(n.) 得標者
buyer	(n.) 買家
money transfer	(n.) 匯款
seller	(n.) 賣家
feedback	(n.) 回饋
exchange rate	(n.) 匯率
shipping fee	(n.) 運費
trustworthy	(a.) 值得信賴的
promote	(v.) 促銷
limited edition	(n.) 限量版
out of stock	(phr.) 沒存貨
product placement/embedded advertising	(n.) 置入性行銷
exposure	(n.) 曝光
stored value card	(n.) 儲值卡
deduct	(v.) 扣除
bank card	(n.) 金融卡
ATM card	(n.) 提款卡
debit card	(n.) 金融簽帳卡
smart card/IC card	(n.) 智慧卡
bargain/haggle	(v.) 殺價
dollar store	(n.) 一元商店
dry cleaner	(n.) 乾洗店
drug store	(n.) 藥妝店
thrift shop	(n.) 廉價二手店
consumer electronics	(n.) 家電用品
break the bank	(phr.) 花大錢
lose one's shirt	(phr.) 把錢輸光
penny pincher	(n.) 吝嗇鬼
a shoestring budget	(n.) 預算有限

天然食物 P. 68

organic	(a.) 有機的
pesticide	(n.) 農藥
chemical fertilizer	(n.) 化學肥料

genetically modified	(a.) 基因改造的
chemical additives	(n.) 化學添加物
artificial flavoring	(n.) 人工調味料
food coloring	(n.) 色素
locavore	(n.) 吃當地食材者
carnivore	(n.) 肉食性動物
herbivore	(n.) 草食性動物
produce	(n.) 蔬果

大家一起來「豆」知識 P. 69

pod	(n.) 豆莢
azuki bean	(n.) 紅豆
kidney bean	(n.) 大紅豆，紅菜豆
mung bean	(n.) 綠豆
green bean/string bean	(n.) 四季豆
speckled kidney bean	(n.) 花豆
pea	(n.) 豌豆
snap pea	(n.) 豆莢圓滾飽滿的豌豆
snow pea	(n.) 豆莢扁平的豌豆
fava bean/broad bean	(n.) 蠶豆
chickpea/garbanzo bean	(n.) 鷹嘴豆

小心！黑心商品就在你身邊！ P. 72

toxin	(n.) 毒素
chemical additive	(n.) 化學添加物
lead	(n.) 鉛
heavy metal	(n.) 重金屬
nervous system	(n.) 神經系統
digestive system	(n.) 消化系統
insomnia	(n.) 失眠
lead compound	(n.) 鉛化合物
Alzheimer's disease	(n.) 老年癡呆症
hair coloring	(n.) 染髮劑
mercury	(n.) 水銀，汞
thermometer	(n.) 溫度計
barometer	(n.) 氣壓計
pesticide	(n.) 殺蟲劑
preservative	(n.) 防腐劑
skin care product	(n.) 保養品
melanin	(n.) 黑色素
whitening	(n.) 美白
Minamata disease	(n.) 水俁病
nerve	(n.) 神經
digestive tract	(n.) 消化道
urinary system	(n.) 泌尿系統
plasticizer	(n.) 塑化劑
hormone	(n.) 荷爾蒙
feminization	(n.) 女性化
toxic starch	(n.) 毒澱粉

流感 P. 74

virus	(n.) 病毒
infectious disease	(n.) 傳染病
mammal	(n.) 哺乳動物
droplet transmission	(n.) 飛沫傳染
contact transmission	(n.) 接觸傳染
complication	(n.) 併發症
fatality	(n.) 致死
mutation	(n.) 突變
strain	(n.) 毒株
immunity	(n.) 免疫力
symptom	(n.) 症狀
chills	(n.) 發冷
runny nose	(n.) 流鼻水
sore throat	(n.) 喉嚨痛
headache	(n.) 頭痛
coughing	(n.) 咳嗽
nausea	(n.) 噁心
vomiting	(n.) 嘔吐
stomach flu/gastroenteritis	(n.) 腸胃炎
bacteria	(n.) 細菌
seasonal flu	(n.) 季節性流感

avian flu/bird flu	(n.) 禽流感
excrement	(n.) 排泄物
inhale	(v.) 吸入
incubation period	(n.) 潛伏期
epidemic	(n.) 流行疾病
pandemic	(n.) 大規模傳染病
swine flu	(n.) 豬流感
Hemisphere	(n.) 半球
preventive measures	(n.) 預防措施
quarantine	(v./n.) 隔離
disinfectant	(n.) 消毒水
sanitize	(v.) 消毒
vaccine	(n.) 疫苗
inoculation	(n.) 接種
side effect	(n.) 副作用

懷孕大件事 P.76

breastfeed	(v.) 餵母奶
colostrum	(n.) 初乳
resistance	(n.) 抵抗力
gas/bloating	(n.) 脹氣
burp	(v.) 打嗝
diaper bag	(n.) 媽媽袋
bottle	(n.) 奶瓶
pacifier	(n.) 奶嘴
diaper	(n.) 尿布
wet napkin	(n.) 濕紙巾
menstrual cycle	(n.) 生理週期
menstruation	(n.) 月經
uterus/womb	(n.) 子宮
menstrual period/menstrual cycle	(n.) 生理週期
menstrual cramps	(n.) 生理痛
irregular period	(n.) 月經不規則
menopause	(n.) 更年期
infrequent period	(n.) 隔很久月經才來
light period	(n.) 經血量很少
infertility	(n.) 不孕症
contraception	(n.) 避孕
male infertility	(n.) 男性不孕症
shooting blanks	(phr.) 空炮彈
gynecologist	(n.) 婦產科醫師
artificial insemination	(n.) 人工受孕
surrogate mother	(n.) 代理孕母
sperm	(n.) 精蟲
vagina	(n.) 陰道
cervix	(n.) 子宮頸
pregnancy	(n.) 懷孕
fatigue	(n.) 疲累
frequent urination	(n.) 頻尿
pregnancy test	(n.) 驗孕棒
urine	(n.) 尿液
ultrasound	(n.) 超音波
pregnant/preggers	(a.) 懷孕的
postpartum depression/baby blues	(n.) 產後憂鬱症
panic	(n./a.) 驚慌
newborn	(n.) 新生兒
sensitive	(a.) 敏感的
depressed	(a.) 心情低落的
bad-tempered	(a.) 易怒的
headache	(n.) 頭痛
insomnia	(n.) 失眠
nightmare	(n.) 惡夢
pastime	(n.) 消遣
stretch marks	(n.) 妊娠紋
figure	(n.) 體態
due date	(n.) 預產期
prenatal exam	(n.) 產前檢查
fetal heart tones	(n.) 胎心音
morning sickness	(n.) 害喜
cramps	(n.) 抽筋
prenatal education	(n.) 胎教
delivery	(n.) 分娩

labor pain	(n.) 陣痛
amniotic fluid	(n.) 羊水
delivery room	(n.) 產房
vaginal delivery	(n.) 自然產
cesarean section/C-section	(n.) 剖腹生產

控制生育 P. 79

birthrate	(n.) 生育率
ovum	(n.) 卵子
implantation	(n.) 著床
contraceptive	(n.) 避孕用品
barrier	(n.) 障礙
condom/rubber	(n.) 保險套
femidom	(n.) 女性保險套
diaphragm	(n.) 子宮帽
cervical cap	(n.) 子宮頸帽
spermicide	(n.) 殺精劑
hormonal	(a.) 荷爾蒙的
birth control shot	(n.) 避孕針
birth control pill	(n.) 口服避孕藥
IUD/intrauterine device	(n.) 子宮內避孕器
copper	(n.) 銅
surgical sterilization	(n.) 絕孕手術
vasectomy	(n.) 男性結紮手術
get snipped	(phr.) 男性結紮手術
tubal ligation	(n.) 女性結紮手術
get one's tubes tied	(phr.) 女性結紮手術
rhythm method	(n.) 計算安全期
abstinence	(n.) 禁慾

壓力 P. 80

anxiety	(n.) 焦慮
heart palpitations	(n.) 心悸
chest tightness	(n.) 胸悶
eating disorder	(n.) 飲食失調
shallow sleep	(n.) 淺眠
migraine	(n.) 偏頭痛
constipation	(n.) 便秘
arteriosclerosis/hardening of the arteries	(n.) 冠狀動脈硬化
hypertension/high blood pressure	(n.) 高血壓
depression	(n.) 憂鬱症
antidepressant	(n.) 抗憂鬱劑
counseling	(n.) 諮商
serotonin	(n.) 血清素
massage	(n.) 按摩
blood circulation	(n.) 血液循環
acupressure	(n.) 經絡按摩
reflexology	(n.) 腳底按摩
essential oil	(n.) 精油
yoga	(n.) 瑜珈
extend	(v.) 伸展
meditation	(n.) 冥想

消化 P. 82

digestive system	(n.) 消化系統
salivary glands	(n.) 唾腺
pharynx	(n.) 咽喉
epiglottis	(n.) 會厭
esophagus	(n.) 食道
small intestine	(n.) 小腸
liver	(n.) 肝
bile	(n.) 膽汁
gallbladder	(n.) 膽囊
pancreas	(n.) 胰線
enzyme	(n.) 酵素
large intestine	(n.) 大腸
electrolyte	(n.) 電解質
appendix	(n.) 盲腸
rectum	(n.) 直腸
anus	(n.) 肛門
indigestion	(n.) 消化不良
heartburn	(n.) 胃灼熱

gastritis	(n.) 胃炎
acid reflux	(n.) 胃食道逆流
ulcer	(n.) 胃潰瘍
lactose intolerance	(n.) 乳糖不耐症
inflammation	(n.) 發炎
Helicobacter pylori	(n.) 幽門螺桿菌
duodenum	(n.) 十二指腸
stomach lining	(n.) 胃黏膜
stomach cancer	(n.) 胃癌
rotavirus	(n.) 輪狀病毒
dehydration	(n.) 脫水
norovirus	(n.) 諾羅病毒
rash	(n.) 皮疹
blister	(n.) 水泡
hand-foot-mouth disease	(n.) 手足口病
Staphylococcus aureus	(n.) 金黃色葡萄球菌
food poisoning	(n.) 食物中毒

恐懼症 P. 84

fear of heights	(n.) 懼高症
fear of flying	(n.) 飛行恐懼症
agoraphobia	(n.) 廣場恐懼症
arachnophobia	(n.) 蜘蛛恐懼症
arachnid	(n.) 蛛形綱的生物
scorpion	(n.) 蠍子
claustrophobia	(n.) 幽閉恐懼症
suffocate	(v.) 窒息
homophobia	(n.) 同性戀恐懼症
discrimination	(n.) 歧視
prejudice	(n.) 偏見
xenophobia	(n.) 生人恐懼症
immigrant	(n.) 移民者

整形 P. 86

cosmetic/plastic surgeon	(n.) 整形外科醫生
face lift	(n.) 臉部拉皮
wrinkle	(n.) 皺紋
Thermage	(n.) 電波拉皮
Botox	(n.) 肉毒桿菌
hyaluronic acid	(n.) 玻尿酸
smile folds	(n.) 法令紋
abdominoplasty/tummy tuck	(n.) 腹部拉皮
scar	(n.) 疤痕
liposuction	(n.) 抽脂
laser liposuction	(n.) 雷射抽脂
anesthesia	(n.) 麻醉
double eyelid surgery	(n.) 割雙眼皮
rhinoplasty/nose job	(n.) 鼻整形
bridge	(n.) 鼻樑
hawk nose/aquiline nose	(n.) 鷹勾鼻
Roman nose	(n.) 高鼻子
button nose	(n.) 小圓鼻
snub nose	(n.) 哈巴狗鼻
strawberry nose	(n.) 酒槽鼻
breast enlargement	(n.) 隆乳
implant	(v./n.) 植入

減肥 P. 87

diet	(n.) 節食，減肥
grazing diet	(n.) 少量多餐飲食法
graze	(v.) 吃草、放牧
crash diet	(n.) 速成減肥法
vegetarian diet	(n.) 素食減肥法
fiber	(n.) 纖維
protein	(n.) 蛋白質
vegan	(n.) 吃全素的人
low carb diet	(n.) 低碳水化合物減肥法
carbohydrate	(n.) 碳水化合物
cholesterol	(n.) 膽固醇
saturated fat	(n.) 飽和脂肪
calorie-counting diet	(n.) 計算卡路里減肥法

bogey	(v./n.) 柏忌
double bogey	(v./n.) 雙柏忌
triple bogey	(v./n.) 三倍柏忌
birdie	(n.) 小鳥
eagle	(n.) 老鷹
albatross	(n.) 信天翁（雙鷹）
handicap	(n.) 差點
caddie	(n.) 桿弟，球僮
golf course	(n.) 高爾夫球場
golf bag	(n.) 高爾夫球袋
club	(n.) 球桿
composite material	(n.) 複合材料
driver	(n.) 開球桿

籃球 P. 106

pass	(v./n.) 傳球
shoot	(v.) 投球
dribble	(v./n.) 運球
half-court line	(n.) 中線
sideline	(n.) 邊線
three-point line	(n.) 三分線
free-throw line	(n.) 罰球線
key	(n.) 禁區
point guard	(n.) 控球後衛
shooting guard	(n.) 得分後衛
small forward	(n.) 小前鋒
power forward/forward	(n.) 大前鋒
defense	(n.) 防守
center	(n.) 中鋒
offense	(n.) 進攻
personal foul	(n.) 個人犯規
technical foul	(n.) 技術犯規
flagrant foul	(n.) 惡意犯規
free throw	(n.) 罰球
foul out	(phr.) 犯滿離場
charging	(n.) 帶球撞人
blocking	(n.) 阻擋
pushing	(n.) 推擠
holding	(n.) 拉扯
hand-checking	(n.) 以手推擋進攻者
violation	(n.) 違例
traveling/walking	(n.) 走步
division	(n.) 區
regular season	(n.) 常規賽
playoffs	(n.) 季後賽

網球 P. 110

racket	(n.) 網球拍
chair umpire	(n.) 主裁判
referee	(n.) 裁判
service box	(n.) 發球區
base line	(n.) 底線
hard court	(n.) 硬地球場
clay court	(n.) 紅土球場
grass court	(n.) 草地球場
singles	(n.) 單打
doubles	(n.) 雙打
server	(n.) 發球者
receiver	(n.) 接球者
match	(n.) 場
set	(n.) 盤
game	(n.) 局
point	(n.) 分
deuce	(n.) 平分
advantage/ad	(n.) 領先
game point	(n.) 局點
break point	(n.) 破發點
set point	(n.) 盤末點
tiebreak	(n.) 搶七
match point	(n.) 賽末點
serve	(v./n.) 發球
ace	(v./n.) 發球得分

let	(n.) 觸網球
fault	(v./n.) 發球失誤
double fault	(v./n.) 雙發失誤
forehand	(n.) 正手握法
backhand	(n.) 反手握法
ground stroke	(n.) 落地擊球
volley	(v./n.) 截擊
lob	(v./n.) 吊高球
drop shot	(n.) 放小球
passing shot	(n.) 穿越球
smash	(v./n.) 扣殺球
topspin	(n.) 上旋球（抽球）
backspin	(n.) 下旋球（切球）
unforced error	(n.) 非受迫性失誤
Grand Slam	(n.) 大滿貫

極限運動 P. 114

hang gliding	(n.) 滑翔翼
skydiving	(n.) 跳傘
bungee jumping	(n.) 高空彈跳
motocross	(n.) 越野摩托車
precaution	(n.) 保護措施
free soloing	(n.) 獨攀
bouldering	(n.) 抱石
free-diving	(n.) 自由潛水
BASE jumping	(n.) 定點跳傘
cliff	(n.) 懸崖
antenna	(n.) 天線
span	(n.) 橋墩
paragliding	(n.) 飛行傘
parkour	(n.) 跑酷

火山、地震與溫泉 P. 116

magma	(n.) 岩漿
erupt	(v.) 噴發
active volcano	(n.) 活火山
dormant volcano	(n.) 休眠火山
extinct volcano	(n.) 死火山
temblor	(n.) 地震
geothermal energy	(n.) 地熱能源
crater	(n.) 火山口
vent	(n.) 火山通道噴發口
cone	(n.) 火山錐
magma	(n.) 岩漿
lava	(n.) 熔岩
tephra	(n.) 火山碎屑
mineral	(n.) 礦物
volcanic ash	(n.) 火山灰
lapilli	(n.) 火山礫
volcanic bomb	(n.) 火山彈
pyroclastic flow	(n.) 火山碎屑流
pumice	(n.) 浮岩
vesicle	(n.) 氣孔
specific gravity	(n.) 比重
exfoliate	(v.) 去角質
hotspot	(n.) 熱點
tectonic plate	(n.) 板塊
mantle	(n.) 地函
rupture	(n./v.) 裂縫，斷裂
seismic wave	(n.) 地震波
seismograph	(n.) 地震儀
magnitude	(n.) 震級
hypocenter/focus	(n.) 震源
intensity	(n.) 強度
epicenter	(n.) 震央
foreshock	(n.) 前震
aftershock	(n.) 餘震
mud spring	(n.) 泥泉
sulfur spring	(n.) 硫磺泉
salt water spring	(n.) 鹽泉
diabetes	(n.) 糖尿病
sauna	(n.) 烤箱三溫暖

全球暖化 P. 119

greenhouse effect	(n.) 溫室效應
climate change	(n.) 氣候變遷
atmosphere	(n.) 大氣層
organism	(n.) 有機體
oxygen	(n.) 氧氣
ultraviolet ray	(n.) 紫外線
fossil fuel	(n.) 化石燃料
natural gas	(n.) 天然氣
infrared radiation	(n.) 紅外線
temperature	(n.) 溫度
greenhouse gas	(n.) 溫室氣體
thermal radiation	(n.) 輻射熱
Celsius	(n.) 攝氏
water vapor	(n.) 水蒸氣
carbon dioxide	(n.) 二氧化碳
methane	(n.) 甲烷
nitrous oxide	(n.) 氧化亞氮（笑氣）
ozone	(n.) 臭氧
ice sheet	(n.) 冰原
glacier	(n.) 冰川
delta	(n.) 三角洲
carbon footprint	(n.) 碳足跡
emission	(n.) 排放量，排放物
eco-friendly	(a.) 環境友善的
ecology	(n.) 生態環境
environmentally friendly/green	(a.) 環保的
eco-hut	(n.) 生態小屋
solar panel	(n.) 太陽能板
green energy	(n.) 綠能
sustainable energy	(n.) 永續能源
alternative energy	(n.) 可替代能源
renewable energy	(n.) 再生能源
power generation	(n.) 發電

極地 P. 122

Arctic	(n.) 北極
Antarctic	(n.) 南極
north latitude	(n.) 北緯
south latitude	(n.) 南緯
equator	(n.) 赤道
Polaris	(n.) 北極星
Antarctica	(n.) 南極洲
Aurora Borealis	(n.) 極光
solar wind	(n.) 太陽風
tundra	(n.) 凍原
altitude	(n.) 海拔
permafrost	(n.) 永久凍土
lichen	(n.) 苔蘚
ice cap	(n.) 冰帽
glacier	(n.) 冰河

海洋哺乳動物 P.126

reproduce	(v.) 繁殖
manatee	(n.) 海牛
prehensile	(a.) 易於抓取的
tail fin	(n.) 尾鰭
mermaid	(n.) 美人魚
sea otter	(n.) 海獺
sea urchin	(n.) 海膽
mussel	(n.) 蚌類
sea lion	(n.) 海獅
mating	(n.) 交配
seal cub	(n.) 小海豹
walrus	(n.) 海象
tusk	(n.) 長牙
walrus ivory	(n.) 海象牙
blubber	(n.) 鯨脂
echolocation	(n.) 回聲定位
sonar	(n.) 聲納
beluga	(n.) 白鯨

whaler	(n.) 捕鯨者
narwhal	(n.) 一角鯨
unicorn	(n.) 獨角獸
sperm whale	(n.) 抹香鯨
spermaceti	(n.) 鯨腦油
ointment	(n.) 藥膏
ambergris	(n.) 龍涎香
humpback whale	(n.) 座頭鯨
krill	(n.) 磷蝦
plankton	(n.) 浮游生物
breaching	(n.) 躍出水面
blue whale	(n.) 藍鯨
blowhole	(n.) 氣孔
pectoral fin	(n.) 前翅
orca	(n.) 虎鯨
natural predator	(n.) 天敵

宇宙 P. 128

Big Bang	(n.) 大爆炸
expand	(v.) 膨脹
galaxy	(n.) 星系
spiral galaxy	(n.) 螺旋星系
elliptical galaxy	(n.) 橢圓星系
irregular galaxy	(n.) 不規則星系
Milky Way	(n.) 銀河系
light year	(n.) 光年
rotation	(n.) 自轉
gravity	(n.) 重力
orbit	(n.) 軌道
asteroid belt	(n.) 小行星帶
mass	(n.) 質量
nebula/nebulae	(n.) 星雲
emission nebula	(n.) 發射星雲
reflection nebula	(n.) 反光星雲
fusion	(n.) 融合
atom	(n.) 原子
collide	(v.) 對撞
red giant	(n.) 紅巨星
core	(n.) 核心
compress	(v.) 壓縮
white dwarf	(n.) 白矮星
supernova	(n.) 超級新星
massive	(a.) 巨大的
collapse	(n./v.) 瓦解
neutron star	(n.) 中子星
pulsar	(n.) 脈衝星
black hole	(n.) 黑洞
stardust	(n.) 星塵
comet	(n.) 彗星
silicon	(n.) 矽

書 P. 130

periodical	(n.) 期刊
score/sheet music	(n.) 樂譜
recipe	(n.) 食譜
tablet computer	(n.) 平板電腦
audio book	(n.) 有聲書
voice-over actor	(n.) 配音員
paperback/softcover	(n.) 平裝書
publisher	(n.) 出版商
hardcover/hardback	(n.) 精裝書
spine	(n.) 書脊
pop-up book	(n.) 立體書
three dimensional	(a.) 立體的

智慧型手機 P. 131

smartphone addict	(n.) 低頭族
PDA/personal digital assistant	(n.) 掌上型電腦
social networking site	(n.) 社群網站
browse	(v.) 瀏覽
tag	(v./n.) 標籤、標注
tweet	(v./n.) 推文

tablet computer	(n.) 平板電腦
app	(n.)（手機）應用程式
instant message	(n.) 即時訊息
filters	(n.) 濾鏡
scanner	(n.) 掃瞄器
coupon	(n.) 折價券

美國情報體系 P. 132

DNI/Director of National Intelligence	(n.) 國家情報總監
CIA/Central Intelligence Agency	(n.) 中央情報局
weapon of mass destruction	(n.) 大規模毀滅性武器
terrorist	(n.) 恐怖份子
assassination	(n.) 暗殺
FBI/Federal Bureau of Investigation	(n.) 聯邦調查局
counterintelligence	(n.) 反情資
kidnapping	(n.) 綁架
bank robbery	(n.) 搶劫銀行
espionage	(n.) 間諜活動
NSA/National Security Agency	(n.) 國家安全局
information security	(n.) 通訊信息安全
military	(a.) 軍事的
diplomatic	(a.) 外交的
DEA/Drug Enforcement Administration	(n.) 緝毒署
smuggling	(n.) 走私

重要政治術語 P. 133

statesman	(n.) 政治家
politico	(n.) 政客
politic	(a.) 精明的，有策略的
monarchy	(n.) 君主制
hereditary	(n.) 世襲
constitutional monarchy	(n.) 君主立憲
presidential system	(n.) 總統制
impeachment	(n.) 彈劾
resign	(v.) 請辭
parliamentary system	(n.) 內閣制
parliament	(n.) 議會
cabinet	(n.) 內閣
vote of no confidence	(n.) 不信任票
prime minister	(n.) 首相
confederation	(n.) 邦聯制
European Union	(n.) 歐盟
federation	(n.) 聯邦制
unitary state	(n.) 單一制
dictatorship	(n.) 獨裁政體
left wing	(n.) 左派
right wing	(n.) 右派
ideology	(n.) 意識形態
socialism	(n.) 資本主義
communism	(n.) 社會主義
capitalism	(n.) 共產主義
Watergate scandal	(n.) 水門事件
Republican Party	(n.) 共和黨
Democratic Party	(n.) 民主黨
deep throat	(n.) 深喉嚨
red tape	(n.) 官僚主義，繁文縟節
lame duck	(n.) 跛腳鴨
flip-flop/u-turn/backflip	(n.) 政策、立場搖擺不定
candidate	(n.) 候選人
run for office	(phr.) 選公職
campaign	(n.) 競選活動
vote-buying	(n.) 買票
political contribution	(n.) 政治獻金
canvass	(n.) 遊說拉票
smear	(v.) 抹黑
voter turnout	(n.) 投票率
swing voter	(n.) 中間選民
inauguration	(n.) 就職
secret ballot	(n.) 不記名投票
ruling party	(n.) 執政黨
opposition party	(n.) 在野黨
majority party	(n.) 死忠黨員

minority party	(n.) 少數黨
partisan	(a.) 涉及兩黨的
bipartisan	(n.) 多數黨

軍事 P. 136

reconnaissance/recon	(n.) 偵察
counter-terrorism	(n.) 反恐
marksmanship	(n.) 槍法
intervene	(v.) 干預
airborne	(a.) 空降
airfield	(n.) 機場
demolition	(n.) 爆破
KIA/killed in action	(n.) 陣亡
klick	(n.) 公里
ambush	(n./v.) 伏擊
backup	(n.) 支援
suppressive fire	(n.) 壓制火力、射擊
covering fire	(n.) 掩護火力
det cord	(n.) 引爆線
detonator	(n.) 雷管
gas mask	(n.) 防毒面具
activated carbon	(n.) 活性炭
flash-bang	(n.) 散光彈
RPG/rocket-propelled grenade	(n.) 火箭砲

口語字彙一網打盡 P. 140

challenged	(a.) 殘障的，不在行的
Brownie points	(n.) 印象分數
merit badge	(n.) 勳章
man cave	(n.) 男人窩
pool table	(n.) 撞球台
eye candy	(n.) 賞心悅目的人事物
cocaine	(n.) 古柯鹼
rocky marriage	(n.) 坎坷的婚姻
drop-dead gorgeous	(a.) 美若天仙的
pussy-whipped	(a.) 怕太太，怕女朋友的
Indian giver	(n.) 送禮後又把禮物收回的人
wet dream	(n.) 夢遺，夢寐以求的東西
go Dutch	(phr.) 各付各的
travel bug	(n.) 旅遊慾望
womanizer/ladies' man/playboy/player	(n.) 花花公子
stud	(n.) 性生活活躍的男人
gigolo	(n.) 小白臉，舞男
philanderer	(n.) 到處和人發生性關係的男子
between jobs	(phr.) 待業中
unemployed	(a.) 失業的
job hunting	(phr.) 找工作
want ads	(n.) 徵人、求職廣告
jack-of-all-trades	(n.) 萬事通
blind date	(n.) 與未曾謀面的人約會
Goth	(n.) 哥德人
Neanderthal	(n.) 尼安德塔人
McDreamy	(n.) 新好男人
McSteamy	(n.) 性感帥哥
McJob	(n.) 薪資低廉，沒有發展性的工作
DUI/driving under the influence	(n.) 酒醉或服用藥物之後開車
drunk driving	(n.) 酒醉開車

混淆字比一比 P. 144

alcohol	(n.) 酒精
carbonated beverage	(n.) 碳酸飲料
tropical depression	(n.) 熱帶性低氣壓
tropical storm	(n.) 輕度颱風
hurricane	(n.) 颶風
tropical cyclone	(n.) 熱帶氣旋
informant	(n.) 提供媒體消息來源的人
reference	(n.) 資料的出處
asset	(n.) 資產
undercover cop/agent	(n.) 臥底警察／探員
mole	(n.) 內奸
informant	(n.) 線民

NOTES

國家圖書館出版品預行編目 (CIP) 資料

總編嚴選台灣人最想知道的英文字彙特刊 / EZ叢書館編輯部作. -- 初版.
-- 台北市：日月文化, 2013.08
160 面 ; 21x28 公分
ISBN 978-986-248-175-2(平裝附光碟片)
1. 英語 2. 詞彙
805.12   102012170

EZ 叢書館

總編嚴選 台灣人最想知道的英文字彙 特刊

作　　者：EZ TALK 編輯部
總編輯顧問：陳思容
總 編 審：Judd Piggott
資深編輯：黃鈺琦
執行編輯：韋孟岑
美術設計：管仕豪、徐歷弘、許葳
錄 音 員：Michael Tennant、Meilee Saccenti、Jacob Roth

發 行 人：洪祺祥
副總經理：洪偉傑
總 編 輯：林慧美
法律顧問：建大法律事務所
財務顧問：高威會計師事務所

出　　版：日月文化出版股份有限公司
製　　作：EZ叢書館
地　　址：台北市大安區信義路三段 151 號 8 樓
電　　話：(02)2708-5509　　傳真：(02)2708-6157
客服信箱：service@heliopolis.com.tw
網　　址：www.heliopolis.com.tw
郵撥帳號：19716071 日月文化出版股份有限公司

總 經 銷：聯合發行股份有限公司
電　　話：(02)2917-8022　　傳真：(02)2915-7212
印　　刷：科樂印刷事業股份有限公司
初　　版：2013年8月
初版九刷：2017年4月
定　　價：350元
I S B N：978-986-248-175-2

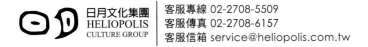

日月文化集團
HELIOPOLIS
CULTURE GROUP

客服專線 02-2708-5509
客服傳真 02-2708-6157
客服信箱 service@heliopolis.com.tw

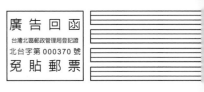
日月文化集團 讀者服務部 收

10658 台北市信義路三段151號8樓

對折黏貼後，即可直接郵寄

日月文化網址：**www.heliopolis.com.tw**

最新消息、活動，請參考 FB 粉絲團

大量訂購，另有折扣優惠，請洽客服中心（詳見本頁上方所示連絡方式）。

日月文化   EZ TALK   EZ Japan   EZ Korea

大好書屋・寶鼎出版・山岳文化・洪圖出版   EZ叢書館   EZ Korea   EZ TALK   EZ Japan

日月文化集團
HELIOPOLIS
CULTURE GROUP

感謝您購買 台灣人最想知道的英文字彙

為提供完整服務與快速資訊，請詳細填寫以下資料，傳真至02-2708-6157或免貼郵票寄回，我們將不定期提供您最新資訊及最新優惠。

1. 姓名：＿＿＿＿＿＿＿＿＿＿＿　性別：□男　　□女

2. 生日：＿＿＿＿年＿＿＿＿月＿＿＿＿日　職業：＿＿＿＿＿＿

3. 電話：（請務必填寫一種聯絡方式）

（日）＿＿＿＿＿＿＿＿（夜）＿＿＿＿＿＿＿＿（手機）＿＿＿＿＿＿＿＿

4. 地址：□□□＿＿＿＿＿＿＿＿＿＿＿＿＿＿＿＿＿＿＿＿＿＿＿

5. 電子信箱：＿＿＿＿＿＿＿＿＿＿＿＿＿＿＿＿＿＿＿＿＿＿＿

6. 您從何處購買此書？□＿＿＿＿＿＿＿縣/市＿＿＿＿＿＿＿書店/量販超商

□＿＿＿＿＿＿＿網路書店　□書展　□郵購　□其他

7. 您何時購買此書？　　年　　月　　日

8. 您購買此書的原因：（可複選）

□對書的主題有興趣　□作者　□出版社　□工作所需　　□生活所需

□資訊豐富　　　□價格合理（若不合理，您覺得合理價格應為＿＿＿＿＿）

□封面/版面編排　□其他＿＿＿＿＿＿＿＿＿＿＿＿＿＿＿＿＿

9. 您從何處得知這本書的消息：　□書店 □網路／電子報 □量販超商 □報紙

□雜誌　□廣播　□電視　□他人推薦　□其他

10. 您對本書的評價：（1.非常滿意 2.滿意 3.普通 4.不滿意 5.非常不滿意）

書名＿＿＿＿　內容＿＿＿＿　封面設計＿＿＿＿　版面編排＿＿＿＿　文/譯筆＿＿＿＿

11. 您通常以何種方式購書？□書店　□網路　□傳真訂購　□郵政劃撥　□其他

12. 您最喜歡在何處買書？

□＿＿＿＿＿＿＿縣/市＿＿＿＿＿＿＿書店/量販超商　□網路書店

13. 您希望我們未來出版何種主題的書？＿＿＿＿＿＿＿＿＿＿＿＿＿

14. 您認為本書還須改進的地方？提供我們的建議？

＿＿＿＿＿＿＿＿＿＿＿＿＿＿＿＿＿＿＿＿＿＿＿＿＿＿＿＿＿

＿＿＿＿＿＿＿＿＿＿＿＿＿＿＿＿＿＿＿＿＿＿＿＿＿＿＿＿＿

＿＿＿＿＿＿＿＿＿＿＿＿＿＿＿＿＿＿＿＿＿＿＿＿＿＿＿＿＿

＿＿＿＿＿＿＿＿＿＿＿＿＿＿＿＿＿＿＿＿＿＿＿＿＿＿＿＿＿